Les Gourmets de Lettres

La guerre au coronavirus

Recueil de nouvelles 2020

Les Gourmets de Lettres

Créée en 2005 à Toulouse, à l'initiative de Yanne Rebeschini-Descaire, cette association a pour mission de promouvoir la lecture, la création littéraire émanant d'auteurs affirmés ou de jeunes talents. Tout au long de l'année, Les Gourmets de Lettres organisent plusieurs événements ouverts au grand public. Le premier mardi de chaque mois, l'un de ses membres présente un écrivain et son livre au cours d'un dîner. S'ensuivent un débat et une séance dédicaces accompagnée de la vente de l'ouvrage. Deux fois par an également, l'association convie les passionnés à deux soirées poésie. En octobre, place au salon du Livre à l'Hôtel d'Assezat ; une manifestation qui s'étoffe avec la présence désormais d'une soixantaine d'auteurs.

Les Gourmets de Lettres – 160, avenue de Grande Bretagne 31300 Toulouse.
www.facebook.com/lesgourmetsdelettres
www.gourmetsdelettres.com

Introduction à « La guerre au coronavirus »

À la suite de la situation inédite que nous avons vécue lors du premier confinement, les gens de plume de l'association littéraire « Les Gourmets de Lettres », étaient appelés par leur Président Pierre Léoutre à participer au concours de nouvelles ouvert à tous, organisé jusqu'au 30 juin 2020.

Elles devaient commencer par la phrase suivante : « Aujourd'hui, 16 mars 2020, le Président de la République vient de déclarer la guerre au coronavirus. » et ne pas dépasser 9 pages.

Les meilleures sélectionnées par le comité de lecture devant être publiées dans un recueil de nouvelles édité par l'association « Les Gourmets de Lettres », en voici les résultats avec les meilleurs textes reçus.

Pierre Léoutre
Président de l'association « Les Gourmets de Lettres »
(2019-2020)
06 51 08 36 90
pierre.leoutre@gmail.com
www.facebook.com/lesgourmetsdelettres
www.gourmetsdelettres.com

Où l'on verra que le pire n'est pas toujours le sûr.

« Aujourd'hui 16 mars 2020 le Président de la République vient de déclarer la guerre au coronavirus. » « Diable, diable, » dit-il en se frottant le crâne, quand le 17 mars ce gros titre lui sauta aux yeux dans le journal, ce journal qu'il lisait, comme souvent, avec un temps de retard, non par oubli ou négligence, mais délibérément. Ne fallait-il pas faire mentir ce substantif, « journal », qui laisse entendre que chaque jour il se passe quelque chose et que chaque jour on est à même d'en parler judicieusement, et que d'ailleurs chaque jour, quoi qu'il arrive on est en état de publier et de diffuser le quotidien, certitude présomptueuse que les événements se font parfois un malicieux plaisir de mettre à mal ?

Que révélaient ce geste et cette interjection d'un autre temps, par lesquels il se donnait le plaisir, goûté de lui seul, en esthète, de parodier Victor Hugo ? Qu'il ne se laissait pas troubler par l'annonce, et qu'il allait y penser. Puis la pensée se mit en route, et il se dit qu'après tout il n'était pas bon de penser trop vite, qu'il était temps d'attendre pour réagir, et qu'il lui fallait digérer la nouvelle et prendre la mesure de la situation.

C'était un homme réfléchi, qui croyait aux vertus de la lenteur, qui prenait le temps de soupeser les choses et les gens, un cérébral peu enclin aux émotions, qui avec constance sollicitait ses « petites cellules grises » et veillait à prendre « le bon bout de la raison » : plus proche toutefois de Poirot que de Rouletabille, par son âge et sa pondération, et ce crâne d'œuf qu'il avait coutume de caresser en face de tout problème, reproduisant plus ou moins consciemment, le geste rituel d'imploration dédié aux représentations des divinités ou des saints...

Il sortait peu, depuis sa retraite, évitait les mondanités et les voisins, toujours poli mais à distance et sans plus, se faisant peu d'illusion sur l'espèce humaine, qu'il observait quasi cliniquement, dardant sous ses sourcils broussailleux un regard froid et pénétrant : il connaissait la légèreté des hommes, l'inconstance de leurs décisions, la vanité des protestations d'amitié ou des marques d'intérêt...

Il regardait peu la télévision, refusant l'envahissement d'une actualité à laquelle il était bon, selon lui, de toujours laisser le temps de refroidir. D'ailleurs plus brûlante était cette actualité, plus il différait le moment d'y entrer, estimant qu'il est souvent urgent d'attendre, préférant d'ailleurs à l'instantanéité de la télévision le journal qu'il recevait par la poste, les hebdomadaires, et certaines émissions de fond à la radio... Il était de ceux, espèce anachronique sans doute, qui auraient pu, comme ce vieux secrétaire qu'il se rappelait vaguement avoir croisé en lisant *les Thibaut,* se cantonner à la lecture de vieux journaux : après tout, les comportements humains ne sont-ils pas toujours les mêmes, et les événements une répétition obstinée ? Il avait toutefois le bon sens de se tenir suffisamment au courant, afin d'adapter au mieux sa conduite.

La nouvelle digérée, la première pensée clairement formulée qui lui vint à l'esprit, héritage d'une longue tradition familiale puisqu'il tenait la formule de son père et celui-là de son propre père fut : « On n'est pas sorti de l'auberge », formule par laquelle il marquait sa distance par rapport à l'événement, et toutefois, en l'occurrence, parfaitement congruente aux circonstances, puisqu'en effet, pour une certaine durée, à définir au fur et à mesure, en fonction de l'évolution de l'épidémie, on ne risquait pas de sortir d'une auberge dans laquelle depuis quelques jours déjà il n'était plus possible d'entrer.

Puis la pensée se développa et se ramifia, où se mêlaient aux considérations pratiques des idées de toutes sortes, qu'on aurait pu voir flotter comme de petits panaches de fumée ou des bulles de BD au-dessus de sa tête, ou que parfois il marmonnait, livrant dans ses soliloques jugements et critiques tandis qu'il organisait le quotidien. Étrange personnage, qui ne demandait rien à personne, un solitaire, un peu grincheux, qu'on aurait été tenté de moquer, mais qu'on craignait un peu…

Tandis que scrupuleusement il renseignait l'attestation qui devait accompagner et justifier toute sortie en ces temps où chacun était invité fermement et plusieurs fois par jour, menaces d'amendes à l'appui, à rester chez lui pour éviter de propager le virus, on aurait pu entendre, ou lire dans la bulle qui flottait au-dessus de sa tête, le doute et la contestation. « Déclarer la guerre à un virus, quelle idée ! ». « J'imagine le ton martial et l'œil fixé sur la ligne bleue des Vosges : il faut avoir le physique de l'emploi et mieux vaut maîtriser le parcours du combattant ! ». « Comme si on pouvait attaquer un virus microscopique à la mitrailleuse ou au lance-roquettes ! Va-t-on comme le Caïn de *La Légende des Siècles* lancer le soir « des flèches aux étoiles » pour essayer d'atteindre cet ennemi invisible ? ». « D'ailleurs n'est-ce pas ce satané virus qui a déclaré la guerre ? Tâchons au moins d'assurer au mieux la défense ! ».

S'il était réservé sur cette « déclaration de guerre », il ne contestait pas les dispositions prises, dont les chinois, chez qui il admirait le sens de l'organisation, avaient donné l'exemple : ce confinement imposé qui arrêtait la vie lui paraissait nécessaire, et il s'adapta sans difficulté. D'ailleurs que la vie se figeât soudain ne changeait pas grand-chose à ses habitudes : il se mêlait si peu à la vie du dehors !

Les rares fois où il était amené à sortir il prenait grand soin de se tenir à bonne distance des gens, autant pour appliquer la règle que pour suivre sa pente naturelle, n'ayant pas de propension aux embrassades : le contact physique l'avait toujours mis mal à l'aise... « Mais où a-t-on déniché cette « distanciation sociale » ? À qui la devons-nous ? À quelque pédant de service, sans doute ! Heureusement qu'on prend la peine de traduire régulièrement cette formule sibylline ! ». Et tout en respectant scrupuleusement la distance minimum d'un mètre, il imaginait d'étranges cosmonautes, des corps graciles surmontés d'un énorme globe de deux mètres de diamètre où flottaient d'invisibles gouttelettes chargées de coronavirus...

Retraité depuis peu, exempt donc de soucis professionnels ou pécuniaires, il pouvait réfléchir tranquillement aux mesures à prendre : d'intendance d'abord, car si on a parfois soutenu que « l'intendance suivrait », l'expérience apprend qu'on a intérêt souvent à ce qu'elle prenne les devants.

Il découvrit alors sans réelle surprise les queues devant les supermarchés, le pillage des rayons, les chariots débordant de provisions et le « chacun pour soi ». Sans illusions sur les conduites humaines, il reconnaissait là les excès auxquels peuvent conduire la panique et les mouvements de foule, et il se rappelait, goguenard, les conserves de petits pois accumulées par ses grands-parents lors des événements de 1968, ces petits pois du dimanche dont la consommation répétitive et forcée l'avait dégoûté à jamais, malgré son intérêt tout intellectuel pour la double appartenance de ce légume, qui retrouve sa catégorie de légumineuse à l'âge adulte...

« Finalement, je ne sais pas où en sont les opérations sur le terrain, et ce qu'il en est des « déclarations de guerre » mais on est bel est bien en « état de guerre » ! Ces queues qui s'allongent devant les supermarchés sont celles qu'on voyait devant les magasins d'alimentation au temps de l'Occupation... ».

Bientôt vinrent les dénonciations, qui affluèrent, pour désigner aux autorités des voisins qui sortaient sans nécessité et transgressaient les règles du confinement, ou des gens qui fuyaient la grande ville, menaçant de transmettre leurs virus à des localités tranquilles qu'ils exposaient en outre à la pénurie alimentaire. Panique, exode, consignes multipliées, méfiance, peur de l'autre, tous les ingrédients de l'état de guerre... Ces dénonciations ne l'étonnaient pas. « Pour le coup nous voilà revenus au beau temps des lettres anonymes qui inondaient la police de Vichy ! ».

Il avait l'habitude de la solitude, il se voyait exempté par le confinement imposé des quelques obligations sociales auxquelles en temps normal sa philosophie misanthrope ne pouvait se soustraire. « La généralisation du télétravail m'aurait bien convenu, dans la vie active ! Dommage ! ». Il disposait d'une bibliothèque bien fournie, d'une tête apte à raisonner, de temps pour de longues discussions avec lui-même, rien ne lui manquait de ce qui était nécessaire à sa vie frugale. Il se suffisait... Dans sa vie parfaitement organisée aucun vide, aucune faille où puissent s'insinuer l'ennui ou l'inquiétude. Ce confinement lui allait comme un gant !

Il n'allait pas chanter, sinon peut-être sur le mode ironique, « Ah Dieu ! Que la guerre est jolie », conscient tout de même que trop de gens mouraient de cette maladie inconnue, et que se profilait une grave crise économique et sociale, mais il échappait à la panique ambiante, suspendu dans son « pensoir » au-dessus de l'agitation générale, tel le Socrate des *Nuées* d'Aristophane, jouissant d'une parfaite tranquillité.

C'est du moins ce qu'il éprouva d'abord dans ses journées bien réglées, où tous les instants étaient occupés par des activités variées depuis les exercices physiques du matin, qu'il n'avait jamais négligés, jusqu'au coucher, toujours à la même heure, et au glissement dans un sommeil réparateur. « Des journées bien réglées et bien remplies, occuper le corps et l'esprit, discipline, voilà le secret ! On résiste à tout, même à l'enfermement ! ». Il se rappelait Xavier de Maistre écrivant le *Voyage autour de ma chambre* pendant ses quarante-deux jours aux arrêts...

Insidieusement des fissures très fines, presque imperceptibles, se firent dans ce cocon parfait, et bizarrement le gant si bien ajusté se mit à le gêner. C'est qu'il se voyait à présent interdit l'accès à ce monde extérieur auquel auparavant il interdisait l'accès jusqu'à lui ! Il n'était plus le maître ! Absurdement, il éprouva un vague sentiment de privation... Comble de malchance, lui qui avait des dents parfaites sentit un soir une sensibilité inhabituelle au froid ; allait-il avoir besoin de consulter un dentiste ? « Mais justement les dentistes ont fermé leur cabinet ! ». Heureusement la sensation désagréable ne revint pas, mais il garda de l'épisode une irritation latente, la pensée que le monde extérieur pouvait venir à lui manquer au moment du besoin.

Les nouvelles du monde qu'il tenait auparavant à distance raisonnable ne lui étaient plus apportées par son journal, que la Poste, qui avait cessé de fonctionner, ne lui distribuait plus. Quelle tranquillité eût été auparavant cette absence de journal ! Il la ressentit bientôt comme un désagrément, puis comme un manque, il fut pris par le désir de savoir, et il se laissa aller à regarder les informations télévisées, puis à les regarder régulièrement, puis à éprouver le besoin de plus d'informations. Il se mit peu à peu à s'attarder devant les chaînes d'information en continu, gagné insidieusement par le besoin de connaître l'issue des batailles quotidiennes.

Voici qu'il veillait le soir devant le sinistre décompte des morts, qu'il se découvrait concerné par cette mort qui emportait des personnalités connues du monde des arts ou de la politique. Il voyait l'agitation des soignants, braves petits soldats cernés de toutes parts, défendant pied à pied, menacés d'être débordés par les attaques incessantes ; comme les femmes sur les remparts de Troie il suivait, le cœur palpitant, les phases du combat.

Il assistait à des débats passionnés sur les manquements de tel ou tel responsable des manœuvres, sur une absence d'anticipation, sur des tactiques sans vision, sur des approvisionnements mal gérés, débats sans fin où d'aucuns, se faisant accusateurs, contestaient le général en chef, et se voyaient bien à sa place ; il entendait les noms étranges d'armes qu'on disait efficaces, comme l'hydroxychloroquine ; il voyait s'empoigner sur l'emploi de ces armes des scientifiques éminents, lui qui avait toujours cru à la rigueur de la science... Il tremblait pour l'issue d'une bataille menée dans la désunion...

Terminée à jamais la belle organisation de ses journées ! L'inquiétude la bouleversait, il s'était désuni, et ne parvenait pas à retrouver le rythme de sa vie.

L'image du coronavirus, omniprésente sur les écrans, finit par l'obséder : malgré sa répugnance il ne pouvait détourner les yeux de ce globe à l'enveloppe bleuâtre et squameuse et aux étranges inflorescences rougeâtres. Il le voyait rôder, sournois, visant les yeux, le nez, la bouche, ce par quoi nous voyons, nous respirons, nous mangeons et parlons, ce par quoi nous vivons... Une angoisse inattendue rendait inopérante la compagnie des livres et stérile la pensée.

Il se prenait à penser à tous ces inconnus que l'ennemi abattait, qui souffraient, qui mouraient loin des leurs : qui étaient-ils ? Quelle était leur vie ? Qu'advenait-il de leur famille, de leurs proches, qui ne pouvaient les accompagner ? Que devenaient leurs chiens, ou leurs chats, s'ils avaient la compagnie d'un animal familier ? C'était bien la première fois qu'il se souciait de chiens ou de chats ! Il ne se reconnaissait plus lui-même !

Il se mit à ressentir un besoin de proximité avec ces frères humains qu'il tenait naguère à bonne distance, un besoin de quelqu'un à qui parler, avec qui partager ce qu'il éprouvait. Il aurait même eu plaisir à échanger quelques mots avec ce voisin peu aimable qu'avant cette guerre on voyait passer le matin le nez dans son journal, absorbé en apparence par une lecture qui lui permettait de ne pas voir son chien poser culotte juste devant une porte, ou encore avec cette voisine au sourire permanent et à l'amabilité intrusive.

Il sentait palpiter en lui quelque chose de tendre et d'inconnu, qui échappait à la rigueur de la raison : était-ce l'âme ? Une douceur lui venait : il se surprit à contempler avec émerveillement une fleur de pissenlit, miraculeusement apparue dans les interstices des dalles de son minuscule balcon, à effleurer d'une caresse délicate sa couronne jaune d'or, auréole brillante et soyeuse si douce au toucher, à penser qu'il n'avait pas vécu jusqu'à ce moment, et que la vraie vie était là, dans l'éclosion de cette fleur des champs. Il se surprit à sourire, lui qui ne souriait jamais, au pigeon qui se posait sur la rambarde, à ce jabot chatoyant, à ces ailes aux reflets irisés, il éprouvait même l'envie absurde de parler à l'oiseau, déçu qu'il s'envole si vite à son approche, dans un froissement d'ailes.

Un jour vint enfin où on eut des signes incontestables que l'épidémie régressait, que l'ennemi reculait, était tenu à bonne distance. C'était la trêve. On allait pouvoir sortir librement, rencontrer les autres : on resterait vigilant, on respecterait les règles, on savait qu'après la guerre ouverte venait la guerre d'escarmouches, mais on retrouverait le bonheur de vivre. Il sentit son cœur se gonfler : lui qui répugnait aux contacts physiques il aurait bien embrassé tous les habitants de sa petite rue, si la pensée ne l'avait retenu que l'ennemi était seulement contenu, que toujours embusqué il pouvait vous surprendre à tout moment.

Hélas ! Voici que brusquement, un matin, il se sentit mal : des courbatures, la gorge irritée, un besoin inhabituel de tousser et de se moucher. Triste journée, pleine d'angoisse : il consulta par téléphone son médecin, prit rendez-vous pour des tests, et resta claquemuré. Il se disait, tristement résigné, que revenu de tout sans jamais y être allé, il n'aurait peut-être pas la possibilité de vivre pour de bon. « Juste maintenant ! C'est vraiment trop bête ! ». Il pensait avec pitié à ces soldats abattus par l'ennemi après qu'avait sonné le clairon de l'armistice... Il songeait, rongé de regrets, aux enfants qu'il n'avait pas eus, à l'amour qu'il n'avait ni donné ni reçu, vieil Hermocrate enfermé dans ses livres, dans son savoir, dans ses certitudes orgueilleuses... Comment put-il trouver le sommeil ? Un sommeil agité, tourmenté, traversé d'images incertaines et fuyantes...

Quelle surprise et quel soulagement le lendemain au réveil ! Les symptômes alarmants avaient tous disparu, il se sentait frais et dispos, comme régénéré... Que lui était-il arrivé la veille ? Aurait-il pris trop au sérieux un malaise passager ? Aurait-il, dans ces temps d'inquiétude, cédé à l'autosuggestion ? Il n'allait pas croire à un miracle ! Et pourtant... Était-elle fantasmagorie de la nuit ou présence réelle cette étrange créature à peine entrevue dans la torpeur du demi-sommeil ? Avait-il entendu ou rêvé ces paroles murmurées « C'est maintenant le moment de vivre ! » ? Mystérieuse apparition... On aurait dit un ange... Ses ailes avaient les reflets irisés des ailes de pigeon, et ses cheveux jaune d'or formaient une couronne de rayons, auréolant un visage plein de douceur qui lui souriait.

Georgette Bories Chabert-Navarre.

Coronalisa et le confinement

« Aujourd'hui, 16 mars 2020, le Président de la République vient de déclarer la guerre au coronavirus. » Lorsque Coronalisa apprit cette nouvelle à la radio, et qu'elle comprit que désormais et pour un temps indéterminé, à cause d'un virus très dangereux, il allait falloir rester confiné, ce fut d'abord la consternation, voire la révolte :

« Vite, vite, pensa-t-elle, Covid-19 de 2020
(Car c'était le nom de la terrible maladie qui se
répandait partout) Hors de nos vies
Et va donc voir ailleurs si j'y suis
Car le coronavirus and Co
On ne peut pas dire que ce soit un cadeau
Alors vite, Covid-19 de 2020
Fais-toi vider
De nos destinées
Et ne reviens que quand tu auras compris
Qu'un virus, ça doit être gentil
Et surtout pas un ennemi ! »

Et puis les jours passèrent, et peu à peu, chacun s'habitua et s'adapta à ce nouveau mode de vie : le confinement.

Et Coronalisa finit par se dire que tout compte fait, en y réfléchissant bien, le confinement, ce n'était peut-être pas forcément la déconfiture.

En effet, ça ne servait à rien de faire toutes ces mines, ces figures déconfites et de se complaire aux confins du découragement, et même du désespoir.

Car après mûre réflexion, il lui sembla que le confinement pouvait être une bonne occasion de faire un tas de choses qu'on ne prenait pas le temps de faire en temps normal.

Par exemple, les confitures (avec des fruits confits, des fruits givrés ou des fruits frais, c'est selon) qui constituaient une excellente occupation susceptible de rendre le confinement plus confortable et agréable.

Durant cette configuration exceptionnelle du confinement, on pouvait aussi en profiter pour préparer de bons petits plats et déguster confits et autres viandes délicieuses qui vous requinquent et vous redonnent un moral à toute épreuve.

De même, ce pouvait être le moment rêvé pour se gaver de sucreries et autres confiseries exquises tellement indispensables en temps de crise.

Bref, selon Coronalisa, il fallait cesser immédiatement toute lamentation et garder à l'esprit que le confinement n'était pas forcément la déconfiture nous confisquant notre joie et notre bonne humeur.

Non, assurément, le confinement pouvait être source d'accomplissement nouveau, de créativité, et de bonheur, tout simplement.

Puis bientôt, le printemps arriva, et les roses, devant la fenêtre de la cuisine, commencèrent à fleurir en cascade.

Coronalisa qui adorait contempler la nature, s'en fut alors dans son petit jardin, et aussitôt se mit à chantonner en observant les oiseaux qui allaient et venaient avec insouciance devant elle :

« Les oiseaux se fichent du corona
Ils chantent, et c'est très bien comme ça
Les virus, ça ne les intéresse pas
Oui, ils se fichent du corona

Dehors, le jardin leur fait les yeux doux
Il y a plein de fleurs un peu partout
Les arbres sont parés de flocons roses
Et la nature sourit, fraîche éclose

Alors, les oiseaux veulent fêter ça
Ils chantent et s'égosillent de joie
Le corona, ça les fait bien rigoler
Ils sont heureux car le printemps est arrivé ! »

Eh oui, le printemps était là, et Coronalisa qui disposait désormais de beaucoup de temps, se dit qu'il était temps de faire le ménage de printemps dans sa petite maison.

« Mais bien sûr, pensa-t-elle pleine d'ardeur, le confinement, c'est bon pour le nettoyage de printemps ! Oui, naturellement, confinement et nettoyage de printemps, ça fait bon ménage, alors allons-y ! »

Car de toute évidence, ce confinement était une période idéale puisqu'alors on pouvait nettoyer, aspirer, épousseter, trier, ranger, en temps illimité...

En fait, c'était exactement ce qu'il fallait à Coronalisa, et même, en quelque sorte, elle en rêvait : être confinée et en profiter pour rattraper le retard dans les placards et les armoires. De plus, pour toutes ces occupations, nul besoin d'attestation, ce petit papier qui devait obligatoirement accompagner toutes les sorties à l'extérieur.

Non, à l'intérieur des maisons, point besoin d'autorisation ! Et bien confiné, on pouvait se bouger, s'activer en toute liberté, sans devoir, pour cela, présenter sa carte d'identité.

Oui, selon Coronalisa, le confinement, assurément, c'était excellent pour le nettoyage de printemps !

Et il fallait mettre à profit cette situation tellement particulière afin de travailler tous en chœur dans nos intérieurs, avant que ne sonne l'heure de la sortie à l'extérieur.

Seulement, pour faire tout ça, une tenue de circonstance devenait indispensable et Coronalisa qui était très coquette, se dit qu'elle devrait dorénavant porter des vêtements adéquats.

En effet, après avoir bien réfléchi, elle déclara qu'à présent que le confinement était de mise, elle allait opter pour une bonne tenue confinée irréprochable : confortable tout en étant élégante, pratique mais chic, ne craignant rien pour les travaux en maison ou au jardin.

Bref, dans sa mise confinée, Coronalisa se sentait bien et bien disposée : caleçons douillets tenant parfaitement à la taille et s'adaptant à tous les mouvements, polos en pilou très doux, vieilles robes de chambre d'intérieur procurant sensations de bien-être et de chaleur, et enfin, aux pieds, chaussons usagés qu'on traîne depuis des années mais que l'on aime par-dessus tout et qu'on ne veut surtout pas jeter...

En un mot, elle avait opté pour une tenue confinée appropriée à toute épreuve, qui certes, ne la mettait peut-être pas le plus à son avantage, mais comportait de nombreux avantages et l'aidait en tout cas à supporter l'épreuve en gardant la tête haute.

Alors, à l'heure du confinement, adieu (provisoirement) aux robes, jupes, dentelles, bijoux et rubans, parfums et volants, et bienvenue à la tenue adaptée qui sied si bien aux situations confinées !

Mais tout de même, heureusement, durant ce confinement, Coronalisa avait bien d'autres occupations que le ménage et le rangement, et elle savait se réserver de petits moments magiques où elle se consacrait à ses passions favorites parmi lesquelles, la danse.

D'ordinaire, elle se rendait plusieurs fois par semaine à divers cours de danse qui lui procuraient toujours de grandes joies. Aussi, lorsqu'elle fut confinée et que tous les cours de danse furent supprimés, Coronalisa essaya d'autres façons de danser, et c'est ainsi, à force d'imagination, qu'elle inventa un nouveau style.

En effet, et c'est une confidence que je dois vous faire, je crois bien que Coronalisa, en toute modestie, inventa un nouveau genre : la confi danse de salon.

Bien sûr, je vous entends déjà me demander : « Mais qu'est-ce donc que la confi danse de salon ? »

Eh bien, il s'agit tout simplement d'une danse de confiné que l'on danse dans son salon, en tenue adéquate et chaussons (de danse) aux pieds s'il vous plaît, au son d'une musique belle qui vous donne des ailes !

Car enfin, quand on est confinée et qu'on ne peut plus se rendre à ses cours de danse adorés, il faut bien trouver une solution : la confi danse de salon ! C'était simple comme bonjour, sans la bise évidemment, mais il fallait quand même y penser...

En plus de danser, Coronalisa aimait aussi dessiner et peindre à l'aquarelle, et tout ce temps de confinement fut donc une aubaine pour elle.

Chaque début d'après-midi, invariablement, elle s'installait à son bureau, dans une jolie chambre claire de la maison, disposait méticuleusement tout son petit matériel : godets d'aquarelle, pinceaux très fins, pot d'eau, chiffons et couvercles pour les mélanges de couleurs. Enfin, elle déposait sa feuille comme un trésor et se mettait à l'ouvrage.

Cette fois, Coronalisa avait choisi de peindre un magnifique oiseau d'Australie, aux plumes bleu turquoise, beiges et noires. Ainsi, cela lui rappelait ses beaux voyages dans ce lointain pays, et bien que confinée, elle s'y envolait à nouveau, aussitôt qu'elle peignait.

Jour après jour, elle voyait la superbe créature duveteuse apparaître doucement sous ses doigts et c'était un bonheur immense.

Après avoir tout rangé, versé l'eau du pot dans la jardinière devant la fenêtre afin de faire pousser ses fleurs, Coronalisa refermait la porte de la chambre et elle sentait alors venir en elle la douce plénitude du travail accompli. Puis elle pouvait aller vaquer joyeusement à d'autres occupations.

Coronalisa adorait également la lecture qui lui permettait de rêver et de s'évader, et là encore, avec ce temps confiné, elle en avait largement tout le loisir.

En inspectant ses étagères, elle attrapa un livre qu'elle n'avait pas regardé depuis longtemps : *Les Fables de La Fontaine*, et l'ouvrant au hasard, elle tomba sur *La cigale et la fourmi*.

Comme cette fable était l'une de ses préférées, le hasard ayant bien fait les choses, elle se mit à lire avec joie. Mais curieusement, au bout de quelques lignes, Coronalisa, inconsciemment, abandonna la page qu'elle avait sous les yeux et commença à rêvasser. Et dans sa tête, voici les mots étranges qu'elle put lire :

« LA CIGALE ET LA FOURMI CONFINÉES »

La cigale ayant chanté tout l'été
Se trouva fort dépourvue
Quand la bise ne fut plus la bienvenue
À cause d'un dangereux individu
Un vilain microbe malotru
Elle ne pouvait même plus aller trouver la fourmi sa
voisine
Car toute visite était devenue clandestine
Oui, toute sortie était bannie
Sauf autorisation par écrit
La cigale qui aimait fort chanter et danser
Dut rester dorénavant confinée

Et désormais se contenter
De faire son show en privé
Sans aucun spectateur
Pour l'applaudir avec chaleur
De temps en temps, elle apercevait
Par la croisée laissée ouverte
La fourmi sa voisine qui était aussi à sa fenêtre
Et toutes deux, de loin, faisaient un peu de conversation
Sans nul besoin d'attestation :
- Alors, cigale mon amie, pas trop pénible d'être
confinée ?
- Ah, ne m'en parlez pas, je n'ai plus un seul grain pour
subsister jusqu'à la saison nouvelle, Ni le moindre
vermisseau, Mademoiselle !
- C'est bien regrettable ! Mais que faisiez-vous donc aux
temps chauds ?
- Je chantais, ne vous déplaise, avec mon banjo.
- Vous chantiez ? J'en suis fort aise ! Eh bien, en ces
temps de confinement,
Dansez donc maintenant ! »
Alors la cigale vexée
Refermait lentement sa croisée
Jurant qu'on ne l'y reprendrait plus
À converser avec sa voisine à la langue bien pendue...

Après avoir récité cette drôle de fable mentalement, tout juste sortie de son imagination, Coronalisa referma le livre et resta toute songeuse...

Au bout de quelques instants suspendus, elle se surprit à réfléchir à haute voix et déclara soudain, une petite flamme dans les yeux :

« Mais après tout, ne suis-je pas une confinée-née, puisque finalement, j'ai toujours été attirée par les confins de la solitude et de l'isolement ? Oui, c'est un fait, vivre comme une recluse, en réclusion temporaire bien sûr, ne me répugne pas, et j'y trouve même un certain nombre d'agréments !

C'est pourquoi je peux dire qu'en définitive, j'ai eu du nez sur le fait d'être confiné. Néanmoins, je reconnais que même si je suis une confinée-née, il ne faudrait pas que ce confinement se prolonge indéfiniment. Car les meilleures choses ayant une fin, un jour, il est nécessaire que cela cesse et que le fil véritable qui nous relie aux autres réapparaisse.

Alors, en conclut Coronalisa, confinée-née, d'accord, mais pas pour un temps record, car voyez-vous, encore une fois, j'ai du nez, et je sais bien quand la lassitude se fait sentir et qu'il est l'heure de revenir !

En un mot, le confinement, ça va très bien un temps, et puis un jour, c'est le moment de décompresser, de déconfiner, avec l'aide par exemple d'un bon café décaféiné pour se booster mais pas trop, et hop, on replonge dans la vie, ravis et déconfinés ! »

Toute à ses réflexions, Coronalisa se leva de la chaise longue où elle était confortablement installée dans son jardin, et sentant bientôt des fourmis courir au bout de ses doigts, elle se dépêcha d'aller s'asseoir au piano qui lui tendait ses touches veloutées blanches et noires au cœur de son salon.

C'est ainsi qu'elle partait quotidiennement pour un voyage musical qui l'emmenait très loin, et dans ces moments-là, elle s'élevait dans de hautes sphères pleines de musique et de mystère, accompagnée de Schubert, Mozart, Bach, Chopin, Schumann, Beethoven, Joplin, Debussy et compagnie...

Puis, lorsque le voyage était achevé et qu'elle revenait lentement à la réalité, elle courait vite chercher son petit carnet et se mettait à écrire ses impressions de confinée :

« JE NE VIS PAS MON CONFINEMENT
JE LE RÊVE

Depuis que je suis confinée
Je ne vois pas passer les journées Je ne cesse de varier mes activités Et je le confesse, je suis enchantée !
En position assise, debout ou allongée :
Jardin, dessin, ménage, rempotage, lecture, écriture, confitures, confi danse de salon...
Parmi toutes ces occupations
Je vis mon confinement à cent à l'heure

Pour mon plus grand bonheur
Et quand je suis fatiguée, que j'en ai plein l'dos
Alors je me mets au piano

Et aussitôt je pars en voyage
Dans un musical paysage
Et puis chaque soir, mon livre de chevet
Me raconte une histoire, et je m'évade en secret
Aux confins de mes rêves d'ailleurs
Et je m'envole, lovée dans mon intérieur
Oui, je ne vis pas mon confinement
Je le rêve
Et lorsqu'il s'achèvera
Que dehors, à nouveau, nous tendra les bras
Je repenserai alors avec mélancolie
À ces jours confinés à jamais enfuis. »

Et Coronalisa voyait passer les jours de son confinement comme dans un rêve. Jamais elle ne s'ennuyait. Sa maison, son jardin et les proches alentours étaient désormais devenus son unique univers et elle s'y sentait bien, en attendant de pouvoir à nouveau voler sous d'autres cieux.

Puis le joli mois de mai arriva.
C'était une magnifique journée, les rayons dorés du soleil se faisaient doux et caressants, la nature resplendissait. Les oiseaux chantaient, les arbres étaient

parés de somptueux feuillages vert tendre, des fleurs ornaient les moindres recoins du jardin et des parfums subtils s'échappaient ici et là : lilas, chèvrefeuille, roses...

Coronalisa s'était assise sur le petit banc de bois, et contemplait avec bonheur toutes les beautés qui l'entouraient.

Soudain, sans crier gare, une vague de mélancolie la submergea brusquement sans qu'elle sache pourquoi, et dans son cœur, doucement, une petite chanson triste s'éleva :

« Ils ont détruit les forêts

Tout brûlé, tout massacré

Les grands arbres sont tombés

Et les animaux affolés, sans abri

Se sont enfuis vers les villes

Le monde est déboussolé

Et la planète entière est empoisonnée

Le Dieu Argent règne

Il saccage tout sur son passage

C'est lui qui fait tourner le monde

Et c'est pourquoi le monde ne tourne pas rond Et court à sa perte Pauvre planète !

Les hommes avaient un jardin

Ils l'ont dévasté sans pitié

Et la nature meurtrie s'est vengée

La planète entière est empoisonnée. »

Elle resta un bon moment pensive et grave, puis heureusement, bientôt, sa mélancolie se dissipa peu à peu et la gaieté revint dans le cœur de Coronalisa. Alors, cette fois joyeuse et souriante, elle se chanta à elle-même, en fermant à demi les yeux :

« Je suis dans ma maison Je suis dans ma prison... Mais attention !

Une prison dorée
Où je suis entourée
De tous mes objets Familiers, adorés
Tous mes souvenirs
Passés, présents, à venir
Et puis ma prison n'est pas fermée
Puisque je peux m'évader
Dans mon doux jardin
Tendre petit écrin
Rempli de trésors
Et de soleil d'or
De battements d'ailes
Mésanges, tourterelles
Et lézards endormis
Sur les pierres tiédies
Oui je suis en prison
À l'intérieur de ma maison Entre mes cloisons
Mais je suis dans mon nid
Dans mon nid chéri
Et j'y suis à l'abri. »

Enfin, un beau jour, les choses s'améliorant, on apprit que la France allait progressivement être déconfinée et qu'à partir de la mi-mai, on pourrait désormais, dans un rayon vert ou dans un rayon d'or de cent kilomètres maximum, se promener à sa guise, sans limitation de temps ni autorisation par écrit.

Dès qu'elle entendit cette nouvelle, Coronalisa eut un petit sourire énigmatique imperceptible, son regard profond se perdit dans une vague de bonheur, alors qu'un nuage d'air frais inondait son esprit.

Devant la fenêtre de la cuisine, les roses qui les avaient ravis durant tout le confinement, achevaient leur extraordinaire floraison.

Elle pensait déjà à toutes les belles promenades qu'elle pourrait faire à nouveau avec son mari, dans les endroits de verdure qu'ils aimaient. Mais surtout, surtout, son cœur se réjouit à l'idée de tous ces délices de cerises rouge vif qu'ensemble ils pourraient bientôt aller cueillir, comme des bulles de liberté retrouvée.

Claudine Thibout-Pivert

Une allocution mémorable

Aujourd'hui 16 mars 2020, le président de la République vient de déclarer la guerre au coronavirus.

« Putain, mais c'est quoi ce discours ? s'exclama Loïc au téléphone. Même pas foutu de dire carrément qu'on va être confinés. Il faut que l'autre, son maître d'œuvre, vienne ensuite nous faire une explication de texte pour qu'on comprenne les mesures concrètes qui nous pendent au nez ! Pouvait pas le cracher le mot confinement, le président ? Évidemment non ! Y'a pas cinq jours, il était là à nous dire qu'il ne fallait renoncer à rien et surtout pas « à rire, à chanter... surtout pas aux terrasses, aux salles de concert, aux fêtes de soirs d'été, surtout pas à la liberté ». Sans déconner, on nous prend vraiment pour des demeurés là !

– Calme-toi Loïc. Cela ne sert strictement à rien de s'énerver. Nous savions bien que cette décision allait finir par être prise, même si cette soudaine liberté de circuler a de quoi inquiéter.

– Y a de quoi flipper, oui ! Faudra même des ausweis pour sortir ! Et si t'as pas d'imprimante, t'es cuit. Non, mais je rêve ! On doit être le seul pays où on exige un papier certifié pour sortir, nous les champions du monde de la paperasserie !

– C'est vrai que pour les réglementations en tout genre, nous sommes plutôt forts. Mais les autorisations de sortie sont exigées dans d'autres pays aussi.

— Enfin mam, on est quand même des adultes responsables. Non ? On pourrait gérer notre circulation intelligemment, sans tout ce fatras inutile. Suffira de se faire dix autorisations par jour pour passer sa vie dehors. C'est du grand n'importe quoi ! Et pourquoi pas les blindés tant qu'on y est !

— Tout de même, la situation est grave. Et le gouvernement a sans doute paniqué en comprenant que la contamination se propageait de manière exponentielle, et que de quelques morts recensés nous allions tout droit vers une hécatombe. Le 11 mars, tu sais, c'est cinq cents cas supplémentaires qui étaient diagnostiqués en une seule journée en France et nous approchions de la cinquantaine de morts. D'autant que ce virus s'est répandu dans le monde avec une détermination sans faille, décimant les plus vulnérables d'entre nous : personnes âgées ou affectées par des pathologies qui fragilisent : obésité, diabète, cancer, pneumonie... Le pire étant que cet ennemi est vicieux : il se niche sur des porteurs qui ne présentent aucun signe de la maladie, comme les enfants et les jeunes adultes semble-t-il, et profite de toutes les interactions sociales pour sauter d'un individu à l'autre, sans gêne, à la moindre embrassade, accolade ou poignée de mains, à la plus anodine discussion propagatrice de postillons douteux, à la plus petite gouttelette de sueur égarée. Alors il devenait urgent d'agir.

– Ouais, j'ai bien compris que la fête est finie. Mais enfin, mam, je te rappelle qu'il n'y a pas si longtemps, on nous disait très officiellement qu'en se lavant soigneusement et fréquemment les mains, en évitant de se toucher le visage les mains souillées, en toussant dans notre coude ou un mouchoir jetable, en gardant nos distances pour se saluer, on ne risquait rien. Et y'a dix jours j'ai joué devant un public de huit cents personnes ! Plutôt agglutinées d'ailleurs !

– Je sais bien. Moi-même j'ai bien participé à une manifestation le 8 mars, en ville, pour la défense des droits des femmes.

– Ça ne m'étonne pas. Et je suis sûr que t'es allée voter dimanche.

– C'est normal. À partir du moment où les élections municipales étaient maintenues, j'ai exprimé mes choix politiques.

– Oui, c'est ça, comme si le virus s'octroyait des pauses dominicales !

–Écoute, j'ai respecté toutes les consignes sanitaires. Et puis de toute façon je continue mon bénévolat au Secours populaire. Alors la peur du virus, ce n'était pas une raison pour s'abstenir.

– Fais gaffe quand même. T'es dans les populations à risques. Vaudrait peut-être mieux que tu restes à la maison.

– Non mais tu te rends compte de ce que tu dis ? C'est maintenant que je vais être encore plus utile. Parce que dans ce confinement commun nous ne serons pas égaux, il y aura des sacrifiés : les éternels oubliés, les exclus, les pauvres, les victimes des violences économiques, politiques, sociétales. Ceux qui sont à la rue, parfois parqués dans des campements indignes, ceux qui vivent entassés dans des logements exigus, et même insalubres, ceux qui vivotent, seuls, de leur maigre retraite, ceux qui subissent d'habituels sévices domestiques, et tous ceux qui manifestaient leur colère dans la rue des mois auparavant pour dénoncer leurs conditions précaires de vie, de travail et d'études. La solidarité nationale invoquée par le président n'existe hélas qu'en tant que bel idéal. Il n'y a qu'à voir les comportements égoïstes des gens : à peine les rumeurs de confinement se propageaient-elles que les supermarchés se vidaient de leurs paquets de pâtes, riz, farine, papier toilette, par anticipation fiévreuse d'une hypothétique pénurie à venir, sans se soucier du tout de son voisin, de son prochain. Moi d'abord, les autres n'ont qu'à se débrouiller.

Et puis il y aura, nul doute, tous ceux qui chercheront à profiter de la situation.

Et pourtant seule la fraternité sauvera des vies. Il ne reste qu'elle. Ce devoir moral que j'essayais d'expliquer aux enfants lorsque je leur apprenais la devise de notre République : liberté, égalité, fraternité en cours d'instruction civique.

– T'as raison mam. Mais j'avoue que les images des gens, en Italie, qui applaudissent tous les soirs les soignants depuis leurs balcons, ça me laisse perplexe. Je doute de la sincérité profonde de ces agissements. Je crois que c'est la peur qui pousse en ce moment les gens à acclamer ceux qui travaillent à les sauver. Comme la compassion et l'horreur nous soudèrent après les attentats de *Charlie* et de l'hyper cascher : on était tous *Charlie*. Un temps. Car les divisions ont ressurgi. Même éphémère communion nationale, en 98, après la Coupe du monde de football : on devint tous *black-blanc-beur*, unis dans une euphorie unificatrice. Et quand reste-t-il aujourd'hui ?

– C'est juste. Moi aussi je me méfie de ces grandes unions de façade qui surgissent à la faveur d'évènements exceptionnels, hors normes. Je la vois bien la solidarité, ou plutôt son manque, dans mon activité humanitaire. Et parmi tous ces gens aux fenêtres, combien ont râlé en temps ordinaire, et même parfois agressé les soignants, parce qu'ils trouvaient l'attente trop longue aux urgences, le rendez-vous médical sollicité trop lointain, le temps accordé trop court ? Au lieu de remercier alors ceux qui font au mieux avec peu et d'interpeller ceux qui sont réellement responsables du délabrement des soins.

Car le système a failli. À force d'économiser sur tout depuis des décennies, et surtout sur les services publics de la santé et de la recherche, au nom de diktats néolibéraux basés sur le seul profit, la seule rentabilité, nous voici démunis, incapables de faire face à une pandémie sauf en se cloîtrant, en arrêtant toute activité non primordiale, en cessant tout déplacement, en fermant nos frontières, abandonnant ainsi à leur sort tous les réfugiés agonisant à nos portes.

Et en croisant les doigts ou en priant le ciel, selon les convictions de chacun, pour que le pire n'advienne pas.

— Je reconnais bien là tes grandes envolées partisanes, mam ! Mais c'est vrai que ça va être la loose. Pour moi aussi d'ailleurs, si j'peux plus jouer en public... Je vais peut-être aller me confiner chez Manu, s'il accepte. Il a une grande baraque à la campagne, et au moins on pourra bosser des morceaux ensemble...

— Il a des enfants Manu ?

— Ouais, deux, 8 et 12 ans.

— S'il doit les aider pour suivre les cours en ligne, il n'aura pas trop de temps.

— C'est vrai. D'autant que sa femme fera sûrement du télétravail, elle bosse dans les assurances. Mais je préfère être avec un pote. Tout seul, je vais devenir dingue, surtout dans mon appart minable.

— Vivre au sein d'une famille, cela va te changer ! Ce sera comme si tu revisitais ton enfance, mais avec ton regard d'adulte. Comme quand on était nous quatre, ton père, ta sœur, toi et moi, à la maison. C'était épique parfois...

— Mam, c'est vieux tout ça. Et la frangine, elle t'a appelée d'ailleurs ?

– Pas encore, mais elle le fera sûrement, elle me téléphone régulièrement tu sais.

– Ouais, je sais. C'est pas comme moi, hein ? Mais, bon, j'n'ai pas grand-chose à raconter.

– Elle non plus. Mais elle prend de mes nouvelles.

– Promis, je t'appellerai plus souvent.

– J'aurai au moins gagné ça ! Tu vois, cette pandémie va peut-être générer des changements positifs.

– Tu rêves, mam ! Après, ce sera sans doute pire qu'avant, parce qu'il faudra mettre les bouchées doubles pour réparer la casse économique.

– On verra. Le confinement amènera peut-être les gens à se poser, à réfléchir au sens de leurs vies, à imaginer d'autres possibles...

– Décidément tu es une optimiste incurable. Ta foi en une humanité meilleure me surprendra toujours.

– Tu sais, Camus disait : _Un homme sans espoir et conscient de l'être n'appartient plus à l'avenir._ Et moi, j'ai beau aller vers mes soixante-cinq ans, je me vis au futur mon fils.

– C'est magnifique. J'crois bien que je vais en faire une chanson, du genre :
Peu importe le présent, moi je vis au futur
Peu importe l'argent, moi j'ai des amis sûrs
Peu m'importe d'être seul, demain tu seras là
Et ensemble on ira où bon te semblera.

– On dirait un texte de Grand corps malade, dit-elle en riant.

–Une référence tout indiquée dans la situation présente, lui rétorque-t-il tout aussi joyeux. Bon ! Il faut que j'appelle Manu, je te laisse mam. Sois prudente. Bisou.

– À bientôt mon fils. Je t'embrasse.

Geneviève Heller

Hydroxychloroquine

Tous les textes cités sont véridiques

« Aujourd'hui, 16 mars 2020, le Président de la République vient de déclarer la guerre au coronAvirus. »

Ce jour, le seize du troisième mois de 2020, le Président vient d'ouvrir une nouvelle ère, une guerre contre le virus. Repousser notre première voyelle, ce A couronné, devient le front commun, le conflit premier, une nouvelle frontière.

Comment dire, il convient d'éviter le A, de l'exclure du discours, de contourner son emploi pernicieux. Le Avirus est devenu l'ennemi public, le vecteur d'une épidémie venue de Chine et qui s'étend en Europe. Voyons ce que préconise le président.

Confinement

« Le Gouvernement prend des dispositions fermes pour freiner le développement du virus ». Comme il le dit si bien « Les crèches, les écoles, les collèges, les lycées, les universités sont fermées depuis ce jour ». De virus point, de vecteur, plus. Nos jeunes seront préservés de toute difficulté, les professeurs n'enseigneront plus, les risques de diffusion seront évidemment circonscrits. Ces premières mesures sont fortes. Elles visent les rudiments, une discipline de lecture et d'écriture, dont il convient d'extirper une lettre interdite, le A périlleux. Prendre les choses dès le début, éviter l'extension, une pestilence qui dès l'école peut toucher les petits. Idem pour les collégiens et lycéens, mieux dotés en lettres, et dont le lexique étendu peut les préserver... ou les perdre : plus d'enseignement, plus d'épidémie ! Pour être immunisé, n'être point touché, ou pouvoir identifier le virus et le circonscrire !

Quoi de plus ? « les guinguettes et tous les commerces non-essentiels ont clos leurs portes ». Même motif, même punition ! de lien point, de petit verre entre potes, plus ! « Les réunions de plus de 100 personnes ont été interdites. » Plus de cris de joie, on ne chemine plus de concert, on ne revendique plus ensemble ! c'est une porte ouverte pour inoculer notre première voyelle, une promiscuité qui n'est plus de mise. Musique ? bernique. De notes, plus. Les instruments ? surtout point de vents. Les concerts reportés, les musiciens chômeurs ! Et le doux commerce ? inutile d'en discourir, il est discrédité ! trop ouvert, trop de monde, trop de bouches et de nez sensibles, trop de doigts posés sur des tissus viciés et des enveloppes louches.

« De telles décisions - évidemment exceptionnelles en temps de quiétude... ont été prises sur le fondement d'un consensus scientifique pour nous protéger du virus ». Les scientifiques y sont donc pour quelque chose. Nous protéger du Avirus est essentiel. On voit ses effets en Chine et chez nos voisins vénitiens et florentins. Une tour de Pise qui penche encore plus. L'épée de Tolède est bien inutile et Séville cède. Seule Berlin freine encore l'épidémie, dotée de moult tests virologiques et de filtres contre première voyelle. Londres est touchée, Big Ben sonne encore, Boris Johnson est en clinique. New York est en échec, Trump joue les guérisseurs de foire ! Bruxelles est submergée, Lille et Lyon doivent résister.

Sinon, les effets seront ceux d'un immense bouleversement.

Quand le Avirus se propage, aucune barrière ! L'avertissement est clair ! Le A garnit la phrase sans crier gare. Il adopte tout l'espace. Le territoire en est altéré, les cartes modifiées. La température augmente, on crache, c'est l'asphyxie, c'est l'orage immunitaire. On passe des urgences aux services de réanimations, où l'on manque de masques et de respirateurs. Quel résultat dramatique ! Dieu nous garde ! il faut réagir, bannir le A. et sa couronne virale. A.E. van Vogt et Boris Vian nous avaient pourtant avertis ! L'avenir est au « non A »...

Le président dit « un consensus scientifique et politique s'est formé pour conserver le premier tour des élections ». Remerciements obligés des services, et de tous ceux qui ont permis que le scrutin se tienne. Une polémique intervient. Une décision consensuelle le jeudi peut-elle être inopportune le lundi ? Des personnes de bonne volonté, bien protégées, ont-elles été touchées ? Voter, un devoir et un risque ? un gel inutile ? des filtres qui ne filtrent guère ? un mètre, trop peu ? Politique, tu nous tiens toujours.

Lutter reste le mot d'ordre. Les rétifs seront punis. Il en demeure, des bois ouverts, des échoppes bondées, des guinguettes sur les trottoirs, des troquets qui troublent les consignes, des joggeurs du week-end, des pique-niqueurs qui veulent profiter des derniers jours ensoleillés du printemps. Trop de A potentiels. Point de symptôme ? vous risquez, quoi qu'il en soit, d'inoculer le virus chez vos proches, et « ceux qui vous sont chers », d'un souffle ou d'un éternuement intempestifs.

En même temps, les héros du jour luttent, les services se remplissent, les victimes viennent de toutes les provinces, l'Est et le Centre souffrent. « Force et dévouement » dit le président, devise qui fleure bon une République en lutte. Une République qui sollicite ses guerriers et officiers d'une médecine de pointe, qui comprend que ses médecins et infirmières sont sous pression, et les soutient et les glorifie tous les soirs depuis les fenêtres ouvertes.

Soyons derrière eux, respectons les gestes fermeture, pont-levis levé et herse descendue. Les consignes sont nettes. Priorités : limiter le nombre de personnes rencontrées, se nettoyer régulièrement, tousser ou éternuer discrètement, utiliser les mouchoirs une fois et les jeter, se tenir éloignés de ses proches, enfin se doter de filtres de A, dès que l'on sent l'envie de l'utiliser !

Notre Défense est mobilisée. Des lits de soins intensifs sont montés en urgence sur le front de l'est, pour soutenir les civils. Des hélicoptères emportent les victimes vers des régions moins touchées. Elles sont convoyées, endormies et intubées, exploit dont on se félicite.

Les frontières sont fermées. L'Europe se mure. Que les chinois restent chez eux, et toutes les victimes potentielles, les porteurs de première voyelle, les infectés du virus. Même entre Européens, on coupe les ponts. Bojo est un fin prévisionniste, le tunnel sous le « détroit » est bouclé. Vintimille, close. Irun, fermée. Le Mont Perdu est perdu. Rocroi et Givet : stop ! Le Rhin ? c'est « un pont trop loin ». Genève devient une île.

Et l'on exige même que les suspects restent isolés de longs jours. Il convient de vérifier qu'ils sont indemnes.

« Ils ont des droits sur nous », ces héros d'une médecine de guerre moderne. Et celui de disposer des filtres, en priorité. Les filtres, obligés et essentiels ! où sont les filtres ? des stocks ? plus, ou expirés. Des millions en 2010, pénurie en 2020. Des imports ? oui, de Chine et bien chères ! Des usines de nos provinces ? oui, seulement lentement ! Bref, une gestion déficiente et un sentiment que le virus en profite. Notre voyelle pernicieuse s'entend et s'écrit de plus en plus.

Quid ? Lutter ou piétiner ?

Trouver des synonymes, seule voie de sortie et de secours contre le Avirus ! heureusement, une molécule bien nommée hydroxychloroquine est disponible. Elle peut éviter les répétitions et une rencontre inopinée du virus, lettre interdite, voyelle vicieuse. Les tests sont en cours, en prévention comme en cure. On s'interroge sur le vieux port, où un druide chenu, semble sûr de son bouclier. Le célèbre Gilbert Gosseyn, (et non Go sAne, comme le nomment grossièrement ses concurrents) prescrit prestement et provoque ses collègues sceptiques. Look de rockeur, cœur d'or et verbe quelque peu grivois, Gilbert est un professeur réputé, un bretteur redouté, un chercheur véloce. Ses études, bien qu'incomplètes, semblent démontrer que A, notre première voyelle et son virus couronné sont stoppés. Tentons, dit-il !

De son côté, Lutèce doute et conteste. On réserve le produit pour les intoxiqués, intubés et sous oxygène, près du bout. En prévention ? que nenni ! des effets importuns et sérieux sont possibles. L'équilibre bénéfice-risque peut s'inverser. Les querelles fleurissent, dégénèrent en boxe de plumitifs, en prises de judo entre complotistes et scientifiques. Nous sommes bien chez nous !

Et l'immunité ? un vieil équipement pour stimuler nos contre gènes peut convenir. Ses vertus protectrices sont immenses. Les chercheurs cherchent, le virus est identifié, ses gènes séquencés. L'immunité innée contre le virus-voyelle est bien piteuse. Renforcer nos défenses est une bonne idée. Le développement est difficile et long. L'enjeu semble immense. Trump circonvient même nos plus glorieux fleurons industriels et préempte le précieux sérum. Réponse critique de notre gouvernement, qui interpelle l'entreprise et exige contrition et priorité pour nos concitoyens.

Le président le dit. « Nous sommes en guerre, et l'ennemi est invisible, qui progresse ». C'est pourquoi, le confinement est décidé. « En métropole comme Outre-mer, seuls doivent demeurer les sorties essentielles ».

Restez chez vous ! est le mot d'ordre. Sortir ? le moins possible. Uniquement pour le boulot, si on ne peut utiliser son équipement de webconf, comme on dit, ou son téléphone, tout simplement ; ou pour ses courses de bouche ; ou pour se soigner. Bref, pour le reste, chez soi et pour un bon moment !

Le confinement ! Hier, qui en eut compris le sens ? De ce jour, le lexique commun l'intègre. De même, tout le monde comprend ces dispositions nouvelles. Du sport ? oui, sur le sol du couloir. Cuisine ? oui, concours de riz et féculents ! Enseignement ? oui, le meilleur prof est télégénique et propose des jeux sur internet. Le chien ? pipi entre midi et deux. L'heure de sortie quotidienne ? oui, un bon signé entre les doigts. Les nouvelles ? une télé qui diffuse en boucle peurs et psychoses, les voix et mots des « demi-experts », le nombre de morts quotidiens et les dernières rumeurs du jour. En somme, des kilos superflus, du sommeil en plus, une vie nouvelle où l'on teste ses limites et celles des conjoints, sur un périmètre limité, un bruissement de peur, névrotique et obsessionnelle. L'enfer c'est le proche, le virus c'est le souffle du voisin.

Le Président le redit : « De jour comme de nuit, rien ne doit nous en divertir ». Toutefois, nous » divertir », en quel sens ? Je diverge. Si, nous divertir est essentiel.

Créer des liens ? oui, entre potes ignorés ou retrouvés, sur des sites internet, en vidéo, un verre entre les doigts. Pépé et Mémé sur Skype tous les soirs.

Et puis, c'est le temps d'écouter des musiques oubliées, l'orgue de Buxtehude, Chopin, ses préludes, ses études et nocturnes, Schubert et ses impromptus, Berlioz et une symphonie « Merveilleuse », dédiée à Henriette Smithson, Beethoven et ses symphonies « Héroïque », et « Bucolique », et « Pleine lune » pour le bel instrument et ses touches d'ébène et d'ivoire, "Mer » de Debussy, « le vol du bourdon » de Rimsky et Musique in blue de Gerschwin.

C'est le temps de lire Proust et « Le temps retrouvé », Gide et « Si le blé ne meurt », « Sous le soleil de Lucifer », « Soleil » de Cohen, et bien sûr « L'éloignement » de Georges Perec ; enfin « Le petit blues côte ouest », titre somptueux pour les fondus de musique noire et de lectures policières.

C'est le temps pour les Bretons, les Nordistes, les Corses et les Gersois de cultiver le verbe du terroir, l'oc et l'oïl protègent un peu contre le virus des voyelles interdites, question d'inflexion et de timbre. Peut-être une culture terrienne immunise-t-elle contre les dérives des rumeurs complotistes.

C'est le temps d'entendre le silence revenu, point de voiture sur le chemin, les volettements, les écureuils et les biches qui reprennent leurs droits. Confinement ? un épisode hors du temps industriel, une digression écologique, un temps pour l'expression personnelle. Pourvu qu'on se tienne éloigné du virus, voyelle honnie et pernicieuse.

C'est le temps des moments de civisme, de soutien, du prendre soin. Le peuple des derniers de cordée se trouve en première ligne, digne et fier, les gens des villes et ceux des terroirs qui nous nourrissent, les éboueurs et les postiers, les petits qui endiguent le virus, et tiennent l'économie quotidienne.

Déconfinement

Le professeur Gosseyn dit que les choses bougent, le nombre de victimes décroît. Détecter, détecter, puis tester, tester. Détecter chez son médecin, dès les premiers symptômes, et s'isoler. Tester, chez le biologiste, puis, peut-être, si l'on est infecté, sonner le tocsin chez les voisins, et les proches des proches. Outre

Rhin, ils s'y sont mis dès le début ! nous, on y vient enfin !

Ce n'est qu'une première pierre de l'édifice. Ils ont inventé « stop coronA », sur téléphone intelligent et dent bleue, pour déceler les côtoiements périlleux, les voisins fiévreux. Toute solution utile est-elle bienvenue pour en finir ? certes les Coréens et les chinois exportent volontiers leurs technologies de pointe. Orwell est proche. Suis-je suivi ? que cherche-t-on, pour trouver quoi ?

Et les filtres sont bien disponibles, en tissus ou en meltblown. Plus de figures libres, uniquement des figures imposées. Filtre sur le nez, le terrible virus est tenu en respect.

Confinement puis déconfinement ouvrent l'ère de l'ordi roi, du web régisseur du lien entre nous. Que devient le poisson rouge plongé sous une houle numérique ? il s'y noie ? il s'oublie ? et puis c'est le retour du réel.

Le monde du silence ? pollué de véhicules intempestifs ! le recueil de nouvelles ? remisé ! Schubert ? Une truite quitte le torrent ! Une fille et ses cheveux de lin ? Debussy submergé ! Purcell ? Écoutons une dernière fois « O solitude » !

Une vie empressée qui revient. Métro, boulot, dodo. Et les ennuis qui déboulent. Mes potes, mes femmes, mes emmerdes ! selon le trouvère célèbre.

Sur les bords du Gers, entre Jegun et Lectoure, on se déconfine prudemment. Le virus reste présent. Les Gersois ont moins souffert que les gens des cités nombreuses, le peuple est ici dispersé et l'environnement plus ouvert. Les joutes rugbystiques ont été suspendues, les biches croisent encore les cyclistes sur les berges, les promeneurs voient peu de leurs congénères. Le réveil est lent, quelques voitures roulent sur les chemins, quelques édiles élus rencontrent leurs électeurs, quelques curieux émergent de curiosité.

Les frontières rouvrent. L'Europe se dérouille. Derechef, les ponts relient et les tunnels percent. Bojo, guéri, déboucle son île. Vintimille, ouverte. Irun, idem. Le Mont Perdu est retrouvé. Rocroi et Givet : bienvenue les Belges ! Le Rhin ? dégelé. Lutèce brisée et puis Lutèce libérée ! d'elle-même, tout entière, bien résolue, son peuple, ses fidèles, et ses provinces éternelles derrière elle, plus sûre de ses devoirs et de ses droits, souvenir d'un été fin de deuxième guerre !

Et le Pr Gosseyn lutte toujours. Hydroxycholoroquine contre remdezivir ? c'est le pot de terre contre le pot de fer, le vieux port contre les bords de Seine, intuition contre protocoles, liberté contre liens d'intérêt. Le druide chenu ne cède rien. Il en est sûr, une vieille molécule peu chère, éprouvée et testée en Provence, c'est mieux que le dernier médoc côte ouest. On le discrédite ? un problème de dividendes ! on le perturbe ? un complot de New York ! On le torpille ? des envieux peu scrupuleux ! On le critique ? des jeunots sortis de l'œuf ! Le Phoenix se relève toujours de ses cendres. Il en est plus que sûr, l'hydroxycholoroquine immunise et guérit, elle évite le virus, plus de A, plus de risque de répétitions intempestives, plus de bouches ouvertes et de postillons vicieux, plus d'épidémie incontrôlée. Et puis les soutiens se multiplient, peu de collègues scientifiques, nombre de gens de peu, séduits, émotifs, sceptiques envers les pouvoirs.

Même le Président est venu l'écouter. Peu de conviction, de l'intérêt peut être, l'écoute de l'opinion pour sûr. Les gilets fluo restent en mémoire et on ne peut froisser personne, on ne peut rien négliger. Et s'il tient le bon bout, le druide du vieux port ? Et si une potion de Provence est le remède promis, pourquoi s'en priver ?

Le conflit continue, le dénouement est encore loin. On compte les morts. Les vieux restent bien seuls et les visites peuvent enfin reprendre, derrière des vitres ou des filtres à voyelle. Les services cliniques retrouvent un peu d'oxygène, les héros un peu de repos, les médecins et infirmiers un peu de liberté.

Philippulus le prophète heurte toujours son gong, prélude de fin du monde. Toutefois, il semble bien qu'on s'en éloigne, l'ouest reste moins touché, l'est émerge lentement, Lutèce est bien secouée nec mergitur. Le temps des procès s'ouvre. Les commissions d'enquête sont constituées, l'opposition est sur le pied de guerre.

Presse et sites hissent perroquets, huniers et vergues, gonflées des vents du populisme. Tout est pour le mieux pour les vendeurs de rumeurs et ceux qui soufflent sur les tisons.

En même temps, une crise inédite provoque effondrement des entreprises et sous-emploi. Les déficits se creusent. Des millions de chômeurs s'inscrivent chez Pôle emploi. Des milliers de clefs sous les portes, des commerces fermés, des échoppes closes, des restos en berne, l'industrie sous perfusion. Le Gers ne vend plus ses foies d'oie. Comment s'en sortir ? Créer des liquidités ? bien sûr, notre président exhorte son homologue d'outre Rhin. Ou guérir du virus ? le président contre le professeur Gosseyn ?

Retournement

Notre président se démène. Il reprend les rênes directement, multiplie les mesures de redressement, injecte un « pognon de dingue », préserve des emplois et des entreprises, et touche souvent les cibles. Toutefois quelque chose cloche. Une sonorité, une lettre répétée si fréquemment qu'elle est un peu oubliée. Son prénom et son nom en sont pourvus. C'est donc ceci ! le vecteur même du virus ? Un doute instillé, une question que les oppositions vont poser et reposer, un piège qui se referme.

En même temps, Gosseyn mérite bien le prix Nobel ! les preuves se multiplient. Les pilules d'hydroxychloriquine sont distribuées pour tous et le virus recule.

Certes, les sceptiques persistent. L'un dit qu'il boit du thé tous les jours et qu'il considère cette boisson comme protectrice. Moquerie perfide ! le doute méthodique n'est plus de mise. Une guerre contre le virus et le déclin économique méritent de mobiliser toutes les épées, tous les fusils. Les questions ne sont plus permises. C'est le temps des tirs, des obus, des bordées, de tous les projectiles disponibles.

Nouvel emblème tricolore, le vieux druide sème les certitudes et récolte les soutiens de Lille, de Nice, de Rennes, de Lyon et de Toulouse. Il tempête contre ses concurrents. Un vent de victoire souffle sur le vieux port.

Les élections présidentielles se profilent. L'horizon politique se précise. Des mouvements divers poussent Gosseyn. « Gosseyn président » entend-on sur les ondes et lit-on sur de nombreux sites. Le rédempteur est-il même le sigisbée désiré de nos femmes et de nos filles ? Son profil comble, son discours séduit. Internet joue tout son rôle. Les sites pro-Gosseyn se multiplient.

Ses contempteurs s'étonnent. Les flibustiers du net mènent-ils l'offensive ? Des Russes trop heureux de pervertir nos discussions internes ? des Chinois proquinine ? des moteurs de recherche qui orientent les chercheurs ? des groupes de discussion infiltrés ?

Une tournée des régions est entreprise, des réunions montées promptement. Les foules des provinces encore sous le coup de l'épidémie se rejoignent pour le féliciter, le plébisciter, le porter sur le trône.

Une promesse des « jours heureux » se concrétise. Plus de cluster, plus de virus, plus d'infectés, un verbe sonore dont le A extirpé. Une économie qui reprend, des entreprises qui rouvrent, des employés qui retrouvent un emploi. Même le foie d'oie reconquiert ses clients.

Une voie glorieuse s'ouvre. Le 6 du cinquième mois 2022, Gilbert Gosseyn est élu Président dès le premier tour des élections.

De ce jour, c'est l'ère du non A. Un effort et un contrôle difficile du verbe, pour une vie hors risque d'épidémie, une économie forte, un environnement régénéré.

De ce jour, notre devise est « « Le monde où l'on pense n'est guère le monde où l'on vit ».

Dominique Giorgi

Joyeuses Pâques

« Politiquement, la faiblesse de l'argument du moindre mal a toujours été que ceux qui choisissent le moindre mal oublient très vite qu'ils ont choisi le mal. »
Hannah Arendt (Responsabilité et jugement)

Aujourd'hui, 16 mars 2020, le Président de la République vient de déclarer la guerre au coronavirus avant de réintégrer ses appartements : « Coucou, chérie ! Comment j'étais ? ». Il tend l'oreille en vain. Trouvant les lieux anormalement silencieux, il entreprend l'exploration du petit salon, du grand salon, du salon de musique, du salon de lecture, du salon d'écriture, du salon de peinture, du salon de sculpture, du salon d'enfilage de perles, sans y rencontrer âme qui vive. Cela l'intrigue d'autant plus que sa femme n'avait évoqué aucun projet de sortie, surtout un soir comme celui-ci. Bien que détestant donner l'impression de la surveiller, il ne peut s'empêcher de lui téléphoner : « Où êtes-vous, trésor ? Je pensais que vous m'attendriez.
— Je suis dans la chambre.
— Déjà couchée ? Bon, j'arrive.
— Surtout pas ! »
Craignant qu'elle soit souffrante, il lui propose d'appeler le médecin, elle s'y oppose. Il songe alors qu'elle est en

proie à l'une de ses vespérales migraines : « Rassurez-vous, très chère, je ne suis pas ce soir d'humeur à la gaudriole ». Elle lui assure qu'elle n'a aucune crainte de ce côté-là, mais refuse de quitter sa chambre : « Je me suis confinée. J'ai bien écouté votre discours. Vous ne l'avez pas exprimé clairement, mais j'ai saisi le message ». Quoiqu'interloqué, le Président se félicite d'avoir été aussi persuasif en quelques phrases à peine. De guerre lasse, il va se coucher, songeant que pour la première fois le couple présidentiel fera chambre à part. Ce soir-là, comme d'autres comptent les moutons, le Président passe en revue les crises qui auraient occasionné les premières chambres à part de Charles et Yvonne, Georges et Claude, Valéry et Anne-Aymone, François et Danielle, François et Anne, Nicolas et...

Aujourd'hui, 22 mars 2020, la première dame vient de proposer à son époux une négociation consistant à réglementer quelques excursions hors de sa chambre : « Je descendrai au petit salon tous les soirs de 20 h 30 à 21 heures. Vous vous tiendrez sur la terrasse. Nous pourrons ainsi nous voir à travers la porte vitrée ».

Aujourd'hui, 25 mars 2020, l'humeur du Président de la République est particulièrement sombre. Ce matin, il a tenté de persuader le Ministre de la Santé d'assouplir les mesures de confinement : « Vous rendez-vous compte que certains de nos concitoyens prennent les recommandations à la lettre ?

— Puissiez-vous dire vrai, Monsieur le Président ! »

En outre, les banquets officiels lui manquent, tout comme les soupers fins en tête-à-tête avec la femme de sa vie. Comme cette dernière a congédié le personnel de maison, le Président se voit contraint chaque soir de réchauffer lui-même sa boîte de raviolis et de faire la vaisselle, et ce ne sont pas les quelques *twits* échangés avec Donald ou Vladimir qui pourraient adoucir sa peine.

Aujourd'hui, 26 mars 2020, à la demande de la première dame, le Ministre de l'Intérieur a mis au service du couple présidentiel un coursier chargé d'approvisionner la demeure en produits de première nécessité.

Aujourd'hui, 27 mars 2020, le Président a trouvé sur le palier de ses appartements un cabas plein à craquer avec une feuille à l'en-tête du ministère de l'Intérieur, sur laquelle une écriture maladroite avait tracé les mots : « Plu de pattes, plu de farine, plu de PQ. Allah plasse jé pri du caviart, du shampagne, le monde et le figareau. Alex B. »

Aujourd'hui, 1er avril 2020, le Président de la République a reçu de sa femme une invitation inattendue qui l'a quelque peu déstabilisé. La facétieuse est en effet capable, malgré les circonstances, de lui concocter un de ces poissons d'avril dont elle est friande. Mais peut-être qu'ayant moins de goût que Pénélope pour les travaux d'aiguilles, elle commence simplement à trouver le temps long. Misant sur cette dernière hypothèse, il a décidé de jouer le jeu. Rasé de près, parfumé, vêtu de son habit de gala, il a solennellement traversé l'appartement, tremblant d'impatience. Sur la porte de la bibliothèque, une affiche lui enjoignait de suivre le marquage au sol, qui l'a mené jusqu'à un fauteuil où il a pris place. De l'autre côté de la vaste pièce se tenait une créature au visage protégé par un masque confectionné dans un carré Hermès, aux cheveux enfermés dans un bonnet de bain, gantée de caoutchouc et revêtue d'une combinaison de plongée.

Le Président, ému aux larmes, a songé que, quelle que soit sa tenue, elle serait toujours la plus belle à ses yeux. Il a essayé de lui faire entendre raison : « Au sein du couple, il n'y a pas de danger pour autant que mari et femme restent confinés ensemble.

— Justement, vous êtes le vecteur de contamination de notre couple, du moins tant que vous fréquentez tous vos ministres, ambassadeurs, députés et autres homologues européens !

— Vous savez bien qu'il n'y a jamais rien eu entre Angela et moi. De toute façon, je me protège.

— C'est ce qu'ils disent tous. »
Aujourd'hui, 5 avril 2020, le Président a trouvé sur son bureau, entre autres dossiers en lien avec la pandémie, une étude intitulée : « Les addictions, dommage collatéral du confinement ». Il a eu une pensée attendrie pour Dominique Strauss-Kahn, seul —ou presque — dans son *riad* de Marrakech. Il a mis un disque de Saad Lamjarred, s'est servi un thé à la menthe et s'est endormi.

Aujourd'hui, 6 avril 2020, le Président s'est réveillé en pleine forme. Ses rêves nocturnes lui ont inspiré une idée de génie pour limiter la vitesse de propagation du coronavirus. Il l'a soumise à son épouse qui, après un temps de réflexion, l'a approuvée : « Ça tombe bien, j'ai un tas de guenilles à recycler. »

Aujourd'hui, 7 avril 2020, le Président a déclaré le début du déconfinement progressif : « Françaises, Français, je tiens à remercier chacun d'entre vous pour son civisme en ces temps particulièrement éprouvants pour notre beau pays. Ne nous voilons pas la face : cette épreuve ne nous aura pas laissés indemnes. Je pense aux plus vulnérables d'entre nous, mais aussi à ceux dont le confinement aura bouleversé la vie professionnelle et familiale, notamment à ces couples qui n'auront pas résisté à une remise en question de leurs schémas relationnels. Au vu des chiffres encourageants rapportés par les organismes sanitaires, le gouvernement a décidé de passer à une phase de déconfinement progressif, dont les modalités vous seront précisées dès demain, et qui seront applicables à partir de vendredi. Soyez assurés, chères concitoyennes, chers concitoyens, que ces mesures ont été inspirées par la seule volonté de vous protéger, de nous protéger, toutes et tous, tout en reprenant une vie sociale moins contraignante que celle que nous vivons depuis plusieurs semaines. Vive la liberté ! Vive la République ! Vive la France ! »

Aujourd'hui, 12 avril 2020, dimanche de Pâques, la foule est disposée en rangées de part et d'autre de l'entrée principale de la cathédrale, chacun respectant la distance de sécurité avec ses voisins. C'est une foule multicolore, les tenues ayant été improvisées et fabriquées en hâte avec les moyens du bord, arborant qui des imprimés écossais, qui des imprimés à pois, à rayures, des patchworks, des couleurs pastel, des couleurs vives, du blanc et du noir. Le seul point commun est qu'aucun des fidèles ne laisse apparaître un seul centimètre carré de peau, comme le préconisent les directives gouvernementales en vigueur depuis avant-hier.

À l'approche de la voiture présidentielle, le silence se fait sur le parvis de la cathédrale. Le Président de la République en sort le premier, tout de bleu vêtu, suivi par la première dame dont la sobre élégance suscite, comme d'habitude, l'admiration de tous. Tandis que le couple présidentiel salue la foule, le journaliste s'adresse à ses téléspectateurs : « Malgré quelques réticences, il semble que le peuple ait adhéré à la politique de santé publique mise en place par le gouvernement puisque tous, femmes et hommes, arborent depuis deux jours la burqa sanitaire. »

Chantal Rey

La guerre du Covid-19 !
(Remise en cause ?)

Aujourd'hui, 16 mars 2020, le Président de la République vient de déclarer la guerre au coronavirus...
Cette phrase a des allures de citation. Elle pourrait être la première d'un roman d'aventures du début du XXe siècle, à condition que le coronavirus soit un pays, un tyran ou un monstre terrifiant !

Elle situe le lecteur, certes dans le présent, mais un présent inéluctable, impossible à remettre en cause, et qui ressemble, de manière troublante, à celui du mois d'août 1914. L'archiduc d'Autriche vient d'être assassiné à Sarajevo. Le coup est tiré. Le jeu des alliances fonctionne inexorablement : « Aujourd'hui, le Président de la République vient de déclarer la guerre... » La formulation est lisse d'aspérités, politiquement correcte, comme les phrases publicitaires des lessiviers des années soixante-dix qui lavaient plus blanc que blanc. Elle a aussi un arrière-goût de propagande, ou, comme le diraient les plus anciens qui ont connu la guerre : c'est un slogan.

Les familiers de la vie des grandes entreprises, des services publics ou des ministères, et de leurs modes de management, verront là ce que l'on appelle des « éléments de langage », portés par les dirigeants et destinés à faire passer à leurs collaborateurs le message de la direction pour expliquer la stratégie, les en rendre acteurs et partie prenante. Les salariés, accoutumés à ce genre de prose dans l'ordinaire de leur vie professionnelle, reconnaîtront là un spécimen de la langue de bois à utiliser pour montrer que l'on a compris ce que veut la direction, s'y conformer pour être tranquille au travail et ne pas rater la prochaine promotion. Les citoyens politisés, à la façon d'un XXIe siècle encore en cours d'émergence, soucieux des impacts sur l'environnement global et de l'économie solidaire de proximité, se contenteront d'y voir un coup médiatique, à ranger dans la catégorie du marketing de la communication politique d'un système à revoir pour plus de démocratie... Enfin, les plus inquiets, les perdus, les suspicieux, les adolescents attardés, ceux qui n'y comprennent plus rien, vous et moi, y verront peut-être une pièce à conviction du complot destiné à rendre la vaccination obligatoire, avec la pose sous cutanée d'une puce de tracking autorisant également un prélèvement bancaire direct en cas d'infraction...

Mais, après cette incartade paranoïaque, qui sait, peut-être moins loin du réel que de la théorie du complot qu'il n'y paraît, examinons cet objet communiquant, ce slogan érigé en politique à suivre.

Nul doute, il a été imaginé et conçu pour rendre clair et indiscutable ce que nous avons à faire. Les mots utilisés sont d'ailleurs très forts : aujourd'hui..., président..., guerre... ! Leur traduction dans le concret d'un aujourd'hui annoncé est immédiate et tient en un mot : Confinement !...

Il ne doit donc pas nous échapper qu'il ouvre la porte à des actions qui auront leur prix de larmes et de sang ! En effet, à la guerre tous les coups sont permis, dégâts collatéraux inclus. Il n'y a plus de limite, même pas dans le temps... puisque c'est la guerre !

Les premiers effets se font immédiatement sentir sur nos routines d'homo œconomicus. Instantanément, la peur de manquer se répand et en quelques heures à peine on ne trouve bientôt plus un paquet de pâtes ou... de PQ ! ? Mais, les autorités auront beau jeu pour calmer les esprits en affirmant, ce qui est alors vrai, à savoir qu'il n'y a pas de problème d'approvisionnement et suffisamment de réserves.

Néanmoins, au fond de chacun, une puissante lame de fond d'inquiétude se sera levée... La réelle pénurie de respirateurs, de masques et de gants, la nourrira qui alertera chacun sur ce qui peut se produire si l'effondrement économique dure...

L'immense vulnérabilité de nos systèmes de production interdépendants les uns des autres apparaîtra au grand jour, catalysée par une distribution construite pour fonctionner à flux tendus. Autre manière de dire qu'un pays à lui tout seul ne peut effectuer la relance économique dont le monde a besoin...

Cette peur deviendra dominante et servira de terreau à la montée d'une colère grandissante à mesure que les politiques seront perçus comme incompétents, donneurs de leçon et privateurs de liberté...

Notre monde, déjà bien ébranlé par nos destructions massives de la nature, bascule tout à coup. Il y a maintenant, sans délai, définitivement, un avant et un après 16 mars 2020, comme il y a un avant et un après 11 septembre 2001. Ce fait procède d'une décision politique, de façon qu'il s'impose immédiatement à notre esprit en prenant une dimension Historique, avec un grand H. En effet, c'est la guerre !

Cet aujourd'hui devient alors tranchant, comme une cognée qui attaque, en même temps, le cœur de tous les troncs de notre forêt primitive. Il projette soudain notre conscience collective dans un cauchemar à moitié réveillé, en annonçant l'écroulement d'un système et l'arrivée d'un autre, peut-être même d'un tout autre, jour après jour, heure après heure, minute après minute...

Les médias, pour survivre et prospérer dans la compétition impitoyable à laquelle ils se livrent tant au sein d'un monde dit libéral qu'avec celui des pseudo-républiques, se sont donnés un rôle qui n'est pas tant de nous informer des changements en cours ou à venir, que de susciter émotions et sentiments à partir d'événements, visibles ou non. Cela apporte de l'audience, donc des moyens, et donne un sentiment grisant de toute puissance !

Pour nous émouvoir et atteindre nos sentiments, il n'est rien de mieux que de s'attaquer aux individus, de façon à désigner des coupables et créer des héros. Pour déboulonner n'importe quelle institution, le plus efficace c'est de s'en prendre aux personnes.

En effet, il ne sert à rien de s'en prendre directement aux institutions, parce que ces dernières ne suscitent ni émotion, ni sentiment, et qu'elles ont les moyens de se défendre et violemment s'il le faut.

Ainsi, par exemple, il est facile pour atteindre la fonction présidentielle de s'attaquer aux faiblesses du président lui-même ou de ses proches. Chacun sait, qu'en se mettant dans le rôle du valet, il n'est pas de grand homme.

En éreintant le président sur des détails vrais de vie, d'action, ou de comportement ; lui ou les siens et leur action politique ; en mettant en même temps en exergue les héros ordinaires du quotidien de la crise, on fait très vite douter le peuple que l'homme soit à la hauteur de sa tâche. Car, certes, c'est un président, mais le peuple attend de lui qu'il soit meilleur qu'un monarque !

Dès lors, une fois le président déstabilisé, il est beaucoup plus aisé de faire croire que si on en change, cela ira mieux, sinon, on pourra changer de système. Ou encore, que, si on change de système, cela changera le président ! C'est, par essence, un schéma révolutionnaire avec lequel, les pseudos démocrates mais vrais dictateurs en puissance si l'occasion se présente, font et feront merveille !

Ainsi, pour ébranler un système, rien de tel que de réussir à accréditer l'idée que la personne qui en a la charge n'est pas à hauteur de sa fonction, donc illégitime...

Mais qu'est-ce qu'être à la hauteur, c'est-à-dire légitime, dans un système républicain moderne ?

En effet, le Président, qui n'est pas un monarque, n'est donc pas « élu » de droit divin. Il ne peut l'être, directement ou indirectement, que par le peuple, seul capable de le légitimer.

Or, le peuple n' « adoube » pas sur des critères « professionnels », c'est-à-dire en considérant les compétences. Ces dernières ont, en effet, un côté technocratique et intellectuel, dont l'ENA est le moule de référence, qui n'est, en aucun cas, une garantie quant à l'amour des élus pour leur pays.

Mais, le peuple choisit ses représentants principalement, sur des critères charismatiques et empathiques qui signifient, en tout premier lieu, un amour pour le peuple.

Ainsi, par exemple, ce n'est pas tant leur misère, par ailleurs assez relative, que les gilets jaunes reprochent au Président, mais c'est de ne pas se sentir reconnu à ses yeux ; de ne pas exister parce qu'il ne les aime pas !

Le peuple, quel que soit le système politique, penche toujours vers la personne qui lui semble l'aimer le plus... « L'élu » peut faire beaucoup d'erreurs et de bourdes. Il peut même mener son peuple au désastre, pourvu que celui-ci se sente aimé et reconnu par le maître ou la maîtresse qu'il s'est donné !

C'est une des clés de la compréhension des causes essentielles qui ont conduit le peuple américain à élire Donald Trump, et les Anglais Boris Johnson. C'est ainsi que le peuple allemand a élu Adolf Hitler, lui a obéi jusque dans l'abominable, et l'a suivi jusqu'au désastre.

Car, ce n'est pas la légendaire discipline des Allemands qui fait problème, mais c'est l'abandon de leur âme revancharde à un monstre qui s'est fait adorer par son peuple en lui faisant accomplir ce qu'il portait de pire en lui-même.

C'est aussi pourquoi, aujourd'hui, Vladimir Poutine qui sait parfaitement utiliser la force de frappe que l'appareil d'État issu du communisme lui a donné, se maintient aussi aisément au pouvoir.

Ce n'est pas principalement une question de contexte historique ou de moyens donnés aux politiques. C'est d'abord une question d'adéquation, réelle ou feinte, de réponses concrètes données aux aspirations d'un peuple qui a besoin de se sentir aimé jusque dans l'image de sa propre grandeur renvoyée par le Président qu'il s'est choisi !

Napoléon Bonaparte excellait dans ce jeu de renvoi de l'image où chaque Français croyait voir sa propre grandeur dans celle du « Monarque » qu'il croyait avoir choisi...

Emmanuel Macron, énarque, mieux que d'autres, en a perçu l'enjeu, mais il peine dans le rôle du Président amoureux de son peuple, essentiellement parce qu'il est d'abord un intellectuel opportuniste qui garde sous contrôle ses émotions et ses sentiments.

Face au coronavirus, le Président Emmanuel Macron, bien qu'affectivement décalé tout autant que dépassé par un problème totalement nouveau par l'ampleur et le contenu, est pris par l'immensité de la tâche. Il ne l'avait pourtant pas un seul instant envisagée lorsqu'il s'est battu pour devenir Président.

Il remonte, néanmoins, sa cote de popularité en prenant ou faisant prendre des décisions pour lesquelles il peut affirmer et afficher que sur la base des informations fournies par les plus compétents, il a pris ses responsabilités en prenant des décisions politiques qu'il explique longuement à défaut de savoir ou de pouvoir faire ressentir de l'amour pour le peuple.

Le peuple, lui, commence à s'apercevoir que les plus compétents des médecins, chercheurs et praticiens, ne sont pas d'accord entre eux sur les actes à poser, même dans l'urgence... Que les plus grands savants ne savent pourtant rien des situations nouvelles... Qu'ils sont pleins de précautions à défaut de savoir faire partager des convictions...

Mais, face à cette espèce de « dictature technicienne montante » jusqu'à quand allons nous accepter que nos aînés continuent de mourir de solitude sans pour autant échapper au virus dans les EHPAD ?...

Quelle sera la réaction du peuple si la gouvernance de la France en guerre contre le Coronavirus est secouée par des querelles de spécialistes pendant que la pandémie continue de couver doucement et que la pauvreté se répand comme une lèpre ?

En guerre, ce sont des décisions du « Président de la République », également « Chef des Armées » qui s'imposent et non celles du « Chef du Gouvernement ». Voici notre Président « cuirassé » et armé pour aller se battre, à la manière des chefs de guerre d'antan, à l'image et à la suite des rois de France...

C'est rassurant quand tout fout le camp ! Cela en impose quant à la légitimité de celui qui va agir !

Voici notre président, Emmanuel Macron, le « Président de la République » doté de pouvoirs régaliens. Il en prend acte immédiatement en déclarant... la guerre !

La guerre est la manifestation la plus évidente des spécificités de l'espèce humaine. Le propre de l'homme ce n'est, bien sûr, pas le rire, ni les larmes, ni même l'amour, mais, c'est un enragé désir d'être maître de tout ! C'est pour cela que certains veulent être riches et puissants, en tout, par tout et pour tout !

Le besoin animal d'être le plus fort, ici et maintenant, pour avoir à manger et de l'espace vital pour reproduire l'espèce, ne nous différencie pas des autres espèces animales. Mais, le désir de maîtriser le présent pour choisir et décider notre futur, ce qu'aucune autre espèce animale ne fait, constitue le propre de l'homme. C'est lui qui conduit à ce que nous nous autorisions tous les coups, y compris les plus criminels.

Le seul désir animal, lorsque les équilibres de biodiversités sont rompus, peut conduire à la prolifération d'une ou plusieurs espèces, parfois jusqu'à leur autodestruction, mais il ne conduit pas à la destruction de la Terre !

Par contre, chez les humains, depuis le Nazisme et le Stalinisme, depuis Hiroshima, le 11 septembre et Daesh, nous savons que la guerre totale, au nom d'un futur décidé par nous seuls, peut conduire à la destruction de notre Terre !...

Lorsque nous allons, nous battre en Irak, en Afghanistan, en Serbie, en Côte d'Ivoire, au Mali, au Niger, etc., etc., nous faisons la guerre, sans lui donner son nom, et nous la justifions : préservation des intérêts nationaux, lutte contre le terrorisme, sauvegarde de la démocratie...

Nous évitons les déclarations, mais nous conduisons des « opérations extérieures », même lorsqu'elles ont, objectivement, les attributs d'une guerre, à commencer par l'action militaire !

Ainsi, lorsque nous déclarons la guerre, nous affichons que nous voulons la peau d'un virus que l'on n'est pas toujours capable de reconnaître en temps utile, et qui nous frappe, sans même le savoir !

Un ennemi c'est quelqu'un qui vous déteste, ou, a minima, qui ne vous aime pas ou vous jalouse, et que vous n'aimez pas parce qu'il vous gêne pour faire ce que vous voudriez faire, ou vous dépouille.

Mais, ne nous leurrons pas nous-mêmes, lorsque nous déclarons la guerre à un virus, nous entendons, sans même en avoir conscience, faire la guerre à la nature au travers d'une des formes de la vie, dont nous sommes pourtant, nous aussi, partie prenante.

Il existe un très grand nombre de virus et nous les connaissons très peu, mais assez pour savoir que nous n'y sommes pas pour rien dans leur capacité à se répandre, à muter et à prospérer à nos dépens...

Cette forme de vie, une des innombrables formes que revêt la nature, a des dizaines de millions d'années d'existence. Nous avons pourtant l'outrecuidance de penser qu'on va gagner. Nous qui n'avons pas réussi à gagner la bataille avec les moustiques de Camargue, alors que, pour y parvenir, nous avons pourtant ravagé des myriades d'insectes !...

Mais, avec un virus dont on sait pas ni quand, ni comment, ni pourquoi, il va muter, ou peut être quasiment disparaître..., il n'est pas absurde de penser que ce n'est pas un petit pays, même puissance du top 7, qui peut faire et gagner une guerre imbécile contre nous-mêmes !

Car, en réalité, on fait déjà la guerre, non pas au virus, mais au comportement humain, par exemple en ce qui concerne les instructions pour l'application du confinement. Il est donc réellement à craindre qu'un jour ou l'autre, de glissement en glissement, quasi imperceptiblement, on la fera à des humains !... Ce sera d'autant plus facile de déraper qu'ils seront badgés et fliqués par un outil « traqueur » mis en place, en toutes bonnes intentions, pour vaincre le virus, forcément !

Comme lorsqu'on « inonde » de pesticides de gigantesques plantations de palmiers à huile établies en détruisant la forêt, pour produire davantage d'huile, il est probable que nous gagnerons à court terme des batailles. Mais, le coronavirus et tous ses congénères ne disparaîtront pas pour autant ! Une fois de plus, nous aurons voulu diriger le monde en créant un rapport de force à court terme apparemment à notre avantage...

C'est là un prolongement naturel du Marxisme appliqué à la nature... Mais, ce n'est pas étonnant si l'on considère que la pensée marxiste a été une des principales matrices de formation de nos politiques professionnels ! Mais, nous ne sommes pas les plus forts, nous ne le serons jamais. Nous pourrions pourtant vivre très bien dans un monde où nous ferions tout pour que chacun ait sa place, les virus aussi ! Ce n'est pas le coronavirus qu'il faut vaincre, c'est notre orgueil, notre appât du gain, notre désir de puissance, notre bêtise et notre peur ! Il est vrai que s'il nous traite comme nous traitons la planète ou, sans aller aussi loin, nos personnes âgées et nos enfants qu'on ne veut pas voir naître, alors, oui, on peut être inquiet. Le coronavirus, scientifiquement étiqueté Covid-19, n'est pas un ennemi. Il n'a pas d'intention, d'objectif à atteindre, ni de comptes à rendre. Il ne sait pas ce qu'il fait, il s'adapte sans le savoir et continuera de le faire, comme cela lui a réussi depuis les dinosaures, avec une incroyable « intelligence » des situations. Bien sûr, l'urgence sanitaire du moment nécessite de faire résolument face à la pandémie pour en limiter les effets. Mais, nous ne devons pas en rester là. En effet, notre responsabilité vis-à-vis des générations futures est de changer notre comportement pour nous intégrer, ou nous réintégrer dans la nature au lieu de la consommer et de la piller. Sinon, c'est la misère de pays continents vastes comme l'Inde ou peut-être le Brésil, qui fera, à cause de notre égoïsme infernal de pays riches, d'un virus inconscient qui a muté à notre contact, un monstre assassin, à notre image !

Hugues de Jubécourt

La valeur du sang

Aujourd'hui, 16 mars 2020, le Président de la République vient de déclarer la guerre au coronavirus, une maladie respiratoire dangereusement contagieuse et potentiellement mortelle. Le mot d'ordre est de limiter les contacts au maximum, ne sortir de chez soi que pour les besoins essentiels. Nous sommes appelés à vivre en autarcie, retirés entre nos quatre murs, entre membres d'un même foyer exclusivement.

Sauvez des vies en restant chez vous, le message s'affiche partout. La tension monte et se heurte à nos plafonds. Le vide s'installe. Nous n'avons plus le droit que de rester en vie : manger et se soigner. Il faut faire face aux élans brisés, aux fantômes du passé ou du présent. À l'inconcevable : se rendre utile en ne faisant rien. Naviguer soudainement en sens contraire.

Prenez soin de vous et des vôtres. L'autre — le parent, l'ami, le collègue – devient un vecteur probable, avec ou sans symptômes, ou une personne susceptible de développer la forme grave de la maladie. L'un des prochains tueurs ou des prochains morts.

Il y a quelques mois, je buvais un cocktail face à l'océan, avec l'homme de ma vie d'alors, et contemplais les reflets dorés du ciel dansant sur les vagues, en mouvements réguliers et apaisants. L'horizon me paraissait lumineux. Puis un rideau sombre est tombé.

C'est la loi des saisons. L'automne, le vent chassant le doux hâle des illusions : il est parti. Il a fui la promesse d'engagement qui germait en moi. Je suis seule, notre enfant blotti dans mon corps, lui-même confiné dans mon deux-pièces. Nous restons tous les deux à l'abri du monde, en attendant de pouvoir l'aborder sans crainte.

Je lis, je collectionne des citations. « Le renouveau est la victoire sur notre souffrance »[1]

J'essaie d'imaginer la suite. Je pense à ceux que nous aimons sans jamais les atteindre et à ceux que je souhaite tenir à distance mais qui ne m'oublient pas, comme Sandie. Nous travaillons ensemble au magasin de chaussures. Elle ne m'intéresse pas, me dérange même, avec ses vêtements tape-à-l'œil et sa voix criarde, amplifiée par une agitation permanente. Depuis plus d'un an, je refuse ses invitations, reporte ses visites. Alors quelquefois, elle frappe à ma porte et sans attendre de réponse, entre, force mon espace, indésirable et intrusive, munie de ragots sans lesquels je vivrais très bien mais qu'elle juge indispensable d'ajouter à mes préoccupations personnelles. Au moins en ce moment, les déplacements inutiles étant interdits, elle reste derrière l'écran infranchissable du téléphone.

Mon quotidien pourrait sembler pesant, s'il n'y avait Caroline, ma précieuse amie. Elle a le don de fabriquer

---

[1] Citations de Léa Dronnier, Jean Rostand et Dalaï-Lama.

de bons moments, même lorsque nous manquons de temps ou d'énergie : une tasse de café et nous réinventons le monde.

- Elisa ! s'écrit-elle de l'autre côté du téléphone, Marc et moi devons reporter notre mariage. Ça paraît invraisemblable : dix ans de vie commune, nous nous décidons enfin et paf ! Tous confinés.

Elle rit, avant de poursuivre :

- Tu as des nouvelles de lui ?

Je prends le ton léger, presque railleur, de ceux qui laissent échapper un non-dit, l'air de rien :

- Non, il s'est échappé à temps pour m'épargner un 24/24 avec l'olibrius malveillant qu'il devenait.

Un silence m'indique que mon amie, dont le métier d'assistante sociale rend l'écoute particulièrement affûtée, a compris que les dernières attitudes d'Armand étaient teintées de brutalité.

- L'échographie est maintenue ?

- Pour l'instant, oui.

- Oh, j'ai hâte ! Tu m'appelleras vite pour me dire si c'est une fille ou un garçon et si tout va bien ! Bisous, *prends soin de vous* !

Après que j'ai appuyé sur « fin d'appel » un message s'affiche : *A ta santé !* C'est Sandie qui m'envoie la photo des deux verres de vin qu'elle et son mari viennent de se servir. Elle disait récemment avoir banni tout alcool de chez eux, que son mari trouvait trop de prétextes pour boire et qu'il s'empâtait. Bref, j'envoie un pouce en l'air, politesse que je regrette aussitôt : lui répondre, c'est l'encourager à entretenir une relation que je veux voir se terminer.

Les jours s'écoulent tranquillement, si l'on écarte cette inquiétude croissante en voyant les décès s'accumuler, se rapprocher. L'ennemi est omniprésent et invisible. Les hôpitaux débordent, les maisons de retraite se vident. Des médecins témoignent, alarment, tombent. En plus des chiffres, les médias montrent les visages des héros qui racontent la lutte mais n'en verront pas la fin.

Ce que nous croyons comprendre du présent n'est qu'une infime représentation de ce qui se joue à notre insu : notre sort, cette ligne conductrice mêlée à la route que nous nous traçons. Il paraît qu'elle est dessinée au creux de nos mains. Quel drôle de paradoxe c'est, d'avoir en permanence, à portée de vue, les indices énigmatiques d'une vérité inaccessible.

Les citations remplissent mon cahier. « À force de prévoir l'avenir, on nous le rend aussi fastidieux qu'un passé » * Moi, j'aurais aimé que quelqu'un m'assure que nous allions revivre indéfiniment les instants de bonheur.

Nous prenons soin de nous. Il est possible de s'appliquer un masque sur le visage et une cire dépilatoire sur diverses parties du corps sans craindre que la sonnette retentisse, nous figeant dans une posture ridicule d'attente silencieuse, avec en tête cette question lancinante : « Suis-je en train de manquer une visite importante ? » Plus rien n'importe, excepté les gens malades.

Le printemps s'installe. Nous aussi : le confinement, initialement prévu pour deux ou trois semaines, se prolonge. Le ciel s'éclaircit au-dessus des grandes villes, où la circulation se fait rare. Les hommes ont rangé filets de pêche et fusils de chasse, les animaux s'ébattent librement. Les personnes vivant à proximité des aéroports découvrent la quiétude d'un environnement sans nuisance sonore.

Sandie me renvoie un message : elle propose un *visio-apéro,* l'apéritif chacun chez soi tout en apparaissant sur un écran pour créer l'illusion d'un moment convivial. « Même sans alcool » précise-t-elle. Je ne peux évidemment pas prétexter une semaine chargée ou une autre invitation. « C'est gentil mais non, merci » Honnête et efficace, quoiqu'un peu sec. J'ajoute un « Bonne soirée à tous » même si quelque chose me dit que j'étais la seule convive.

Je peux m'adonner au dessin, reproduire ou inventer de petits tableaux pour égayer l'appartement : j'ai du temps à perdre. À cette idée, une aisance depuis longtemps étouffée inonde mon esprit. - C'est un garçon, m'annonce gaiement le gynécologue obstétricien, les yeux rivés sur l'écran placé en hauteur, pendant qu'il appuie sa caméra sur mon ventre.

Un après-midi d'été, alors que nous étions allongés très près l'un de l'autre sur le sable, Armand m'avait soufflé que s'il devait avoir un enfant, il aimerait que ce soit un garçon. Je me demande s'il partageait mon sentiment de plénitude sous la chaleur, nos corps baignés de lumière, loin de la morne mécanique des habitudes, ébauchant un avenir cousu d'amour avec une petite main serrée dans les nôtres. Je me demande s'il se souvient.

- Tout est parfait, conclut le spécialiste.

Caroline s'extasie au téléphone :

- Ooh, tu as vu sa petite bouille ?

- Oui, je vais t'envoyer les photos. C'est prodigieux, on le voit tellement bien !

- Vivement que nous puissions nous rejoindre et préparer sa venue !

J'ai lu sur internet qu'une salade peut repousser à partir de son cœur, trempé dans l'eau. Je dépose une coupelle au soleil, sur la petite table de mon balcon, qui est accolé à celui du voisin. Celui-ci est en train de plancher sur un devoir de mathématiques de cinquième avec sa fille Célia. Sa femme est partie il y a deux ans, retrouver son premier amour qui l'avait recontactée après son divorce. Ils vivent en Corse. Elle voulait emmener la petite mais le papa s'est défendu et a réussi à en obtenir la garde. Célia passe les fêtes de Noël et la moitié de l'été sur l'île de beauté. Son père a une nouvelle compagne mais ne la lui a pas encore présentée. La plaie de la trahison reste à vif.

Combien de temps et quel genre d'amour faut-il pour guérir ? « Nous n'avons qu'une seule vie » a dit la mère de Célia en partant en démarrer une nouvelle. Armand, lui, m'a quittée sans un mot. Ils sont beaux tous les deux, le père et la fille, penchés sur cet exercice dans la douce atmosphère du printemps : bruns, fins, leurs regards clairs et complices se croisant lorsqu'ils approchent d'une solution. Il s'aperçoit de ma présence.

- Salut voisine ! Alors, ça pousse ? lance-t-il avec un signe de tête.

Comme je ne sais pas s'il désigne mes plantations hasardeuses ou mon ventre qui s'arrondit, je me contente de lui sourire en acquiesçant.

Quelques âmes esseulées vont rapidement d'un bout à l'autre de la rue. Il n'est plus possible de s'attarder. Quel étrange spectacle... J'entends à la radio qu'une enquête est ouverte sur l'origine du virus, appelé précisément Covid 19. Peut-être aurait-il fuité d'un laboratoire de recherches à Wuhan, premier foyer de contamination. La population chinoise en a été la première victime. En France, au début de l'année, nous suivions l'évolution de ce drame sanitaire, installés sur nos canapés, pendant que le repas finissait de cuire et le lave-linge de tourner, plutôt préoccupés par la gestion de notre semaine de travail et de nos contraintes personnelles. Chacun vit dans une bulle, plus ou moins élargie.

Le téléphone sonne. Caroline. Tiens, pourquoi rappelle-t-elle si vite ?

- Elisa ? Sa voix manque d'entrain. Mon plaisir de l'entendre se mue en vive inquiétude.

- C'est à propos de Sandie.

Me voilà soulagée, mais pourquoi ce ton lugubre ?

- Eh bien, qu'est-ce qu'elle a ?

- Tu connais son mari ?

- Je ne l'ai jamais vu.

- Apparemment, il est violent.

Je m'assieds et la laisse continuer.

- En temps normal, elle passait peu de temps chez elle, mais là... L'isolement, le manque ou l'excès d'alcool, on ne sait pas vraiment... Il l'a frappée à mort.

S'ensuit un long silence. Une espèce d'aura obscure envahit ma tête et mon salon.

- Elisa ?

Je bredouille quelques mots d'excuse et raccroche.

Des appels au secours, tout simplement. Des tentatives de créer une relation qui constituerait pour elle un refuge. Pourquoi ne m'a-t-elle pas directement confié la vérité ?

Un message s'affiche : « Ne te torture pas, personne ne savait... et puis ce n'est pas bon pour le bébé »

Ces rideaux sombres s'abattent un à un sur nos besoins de certitude, et nous obligent à accepter que nos univers mentaux, arrangés à notre goût, soient balayés et renouvelés constamment. Que fallait-il dire ou faire pour que le film se déroule autrement ? Qui fallait-il être ?

Moi, Elisa, trente-quatre ans, sportive, blonde dorée, autonome et créative, je n'ai pas su garder le père de mon enfant ni tendre la main à une femme qui se noyait dans sa vie maritale sordide. Je ne soigne pas les malades du Covid, ne fabrique pas de masques, ne prépare pas de repas pour le personnel médical ni ne fais de courses pour les personnes âgées. Je me contente d'appliquer les consignes : *Restez chez vous et prenez soin de vous.* Dans mon deux-pièces, le café coule et le téléviseur fonctionne. D'ailleurs, je l'allume. J'en sortirai quand tout sera rentré dans l'ordre. Sans Armand que j'aimais et sans Sandie, que je n'aimais pas. Sans qui d'autre ? « Si aider les autres vous paraît trop difficile, essayez au moins de ne pas leur nuire » * De quel côté de la virgule puis-je me situer ? La vie devra s'organiser de toute façon, les bulles se reformer.

Question de survie.

Si je m'en sors.

Je dessine une plage hors saison, une fille de dos, face à l'immensité liquide, et les vagues revenant à ses pieds. Au fond, l'horizon comme une ligne d'arrivée. Entre les deux, le trouble des profondeurs et au-dessus, la lumière. Cette lumière qui réchauffe chaque été des couples allongés, main dans la main, s'aimant pour l'éternité. J'entends d'une oreille le reportage diffusé à la télévision sur les sangsues : les petites bêtes mordent la peau et y injectent leur salive qui empêche le sang de coaguler, afin de pouvoir le boire jusqu'à être rassasiées. En médecine, elles sont utilisées pour drainer chez les patients le sang infecté. Une fois leur mission remplie, elles sont éliminées. Le patient peut cicatriser. J'éteins et retourne sur le balcon pour respirer. Il fait encore bon. Tout au fond de la rue, j'entrevois un couple main dans la main. Ils s'avancent lentement, comme des promeneurs. Oui, ils se promènent, ne se souciant ni des recommandations ni des menaces de verbalisation. Leur bulle est hermétique. Je les envie et ne les quitte pas des yeux. Bientôt, je parviens à distinguer leur physique. L'amoureux est grand, athlétique, avec quelque chose d'enfantin dans les traits du visage et une belle ondulation dans la chevelure. Il lève ses yeux sombres vers mon appartement. C'est Armand.

Magali Malbos

Journal de confinement de Léopold Decoll

Aujourd'hui, 16 mars 2020, le Président de la République vient de déclarer la guerre au coronavirus.

Je venais d'apporter un plateau géant d'apéro dînatoire à ma meuf qui s'impatientait devant l'écran de son téléphone qui buguait pour la huitième fois de la journée. Je l'entendais vaguement vociférer des grossièretés tandis que, de mon côté, je scrutais l'écran de la télévision où visiblement un enfant de douze ans tentait désespérément de sous titrer le discours de Macron.

À froid, dans mon bureau, maintenant qu'il est 3 heures du matin, je me repasse le film en boucle. Ma meuf, Macron, confinement de deux semaines, moi... C'est la merde !!! Bon, bien sûr, je vous imagine, tirant des tronches de vingt mètres de long parce que vous allez plus pouvoir sortir de chez vous. Mais moi, les gars, ma meuf, elle est atteinte d'amnésie antérograde. Elle a chopé ça après son A.V.C., il y a un peu moins d'un an. Un repas de famille, classico-classique pour la fête des pères. Elle discutait, comme à son habitude, de manière très animée, avec son père ? des droits des femmes quand, d'un seul coup d'un seul... Bim. La tête dans les perles du japon. Elle a mis un petit moment à sortir du potage.

Sa tronche ressemblant sévèrement à un Picasso et son

élocution me faisant penser à tonton Pierre quand il a un peu trop éclusé le pastis, je l'embarquais dare-dare dans la Modus, direction les urgences. Le diagnostic fut rude. L'hémiplégie se résorba au bout de 48 heures Par contre, si au bout de dix jours, elle avait récupéré l'intégralité des souvenirs d'avant son attaque cérébrale, le pire restait à venir. Elle ne mémorisait plus les informations au quotidien. Et si par exemple sa mère l'appelait pendant qu'elle se faisait cuire des pâtes, nous risquions l'incendie très involontaire de notre logement. Il fallut donc trouver des solutions temporaires mais également à long terme. Parce que passer le côté rigolo de se croire dans Némo, au quotidien, cela plombe un peu de vivre avec une nana qui se souvient de pas grand-chose, dans la journée.

Heureusement, Rustine, ma compagne, c'est un personnage extraordinaire. Rien que son nom, tiens. T'en connais, toi, une Rustine, dans tes proches ? Ben, non ! Ma meuf est unique. Certains jours, ça vaut mieux, crois-moi !

Au départ, ses parents voulaient l'appeler Justine. Sauf qu'à l'état civil, ce jour-là, c'était Gérard qui était de garde. Un fonctionnaire alcoolo-dyslexique ça peut te contrepèter ton nom, sans sourciller. Ainsi, Justine Ripolin devint Rustine Jipolin. Je te passe les grands moments de gloire à l'école primaire. Les jeux de mots laids. Les calembours. Les dents en moins. Oui. Parceque, déjà, au CP, c'était pas une fille commode, ma meuf. Bref. Pour en revenir à nos moutons confinés. Je suis très anxieux de ces jours à venir qui m'attendent. Comment vais-je gérer Rustine, sans l'aide précieuse et inestimable de Thérésa, son aide à domicile. Celle-ci vient de m'envoyer un texto laconique m'expliquant que toutes ses heures ont été réattribuées, en faveur d'un public fragile et dans la ligne de mire du virus, c'est-à-dire, les personnes âgées. Les « vieux », ce public prioritaire visiblement pour le gouvernement. Enfin quand ça l'arrange ! Bye bye aussi Éléonore, l'orthophoniste qui va sûrement fermer son cabinet. Je ne verrai pas davantage, Chantal, ma belle-mère, asthmatique, qui va devoir rester chez elle puisque catégorisée « population à risque ».

Je vais être seul ! Seul à télétravailler, dans ma maison de campagne, avec ma petite adulte quadra pire qu'un enfant en bas âge, certains jours.

Lundi 23 mars 2020

Quelle foutue semaine. J'ai l'impression d'être un instituteur de primaire ce soir. Harassé et légèrement alcoolisé, faisant le point sur sa vie et ses erreurs tactiques. Il est 23 h 37. Rustine dort enfin du sommeil de Juste Leblanc. Je viens de m'enquiller une bonne partie de la bouteille de rhum que mes potes m'ont offert à Noël. M'occuper de Rustine 24 sur 24 ça me plombe toute mon énergie et ma joie de vivre. J'en pète d'être enfermé, ici, en vase clos, avec elle. Je l'aime. Putain. Je l'aime profondément. Mais quel calvaire, ce remake du Jour sans fin. Chaque matin, elle se lève guillerette, après son reset de la nuit et je dois lui rappeler, inlassablement, les nouvelles conditions de vie.

Vous imaginez, vous, de gérer une adulte, parfaitement charmante au demeurant mais qui décide de sortir quatre à cinq fois par jour, sans attestation ?

J'vais me resservir un verre, tiens.

Jeudi 2 avril 2020

Aujourd'hui, Emmanuel Macron a longuement parlé des besoins spécifiques des personnes autistes. Visiblement, il va y avoir une attestation élargie pour eux. Je suis content pour tous ces gens, enfants et adultes confondus. J'ai encore pondu un article, cette année pour la Journée mondiale de la sensibilisation à l'autisme. En faisant mes recherches j'ai d'ailleurs découvert un superbe podcast En tongs au pied de l'Himalaya de Marie-Odile Weiss, la maman d'Ismaël, qui nous raconte la découverte du diagnostic ainsi que le cheminement qui suit la découverte du handicap de son minot de deux ans, à l'époque. Donc, oui, sincèrement, je suis un sympathisant de cette mesure indispensable. Je voudrais juste que toute personne à besoins spécifiques puisse être respectée sans qu'on en parle forcément dans une allocution télévisuelle. Pour moi, ça devrait découler du bon sens. Mais bon, pour ça, il faudrait clairement qu'il y ait des cours de socio et de psycho, dans certaines formations.

Cela aurait été superutile, hier, quand je me suis pris la tête avec le condé qui m'a mis une amende de 135 €. Attendez. J'vous raconte.

Rustine, trouvant qu'il faisait merveilleusement beau, avait décidé de me faire la surprise d'aller cueillir des fleurs pour mon bureau. Comme le lait sur le feu, j'vous ai dit ! Pour ma défense, je n'étais pas douché depuis trois jours. À l'odeur, franchement, je me suis dit qu'en cinq minutes chrono, je pouvais régler le problème. Cinq minutes ! Les parents au foyer, je sais très bien que vous voyez de quoi je cause. On est pas là pour se prélasser hein ? Non. On ouvre l'eau. On se savonne. On se rince. On se sèche. Mission terminée. On s'octroie ce privilège entre deux salves de questions et d'interdits en tout genre. Parfois, on a même l'énergumène derrière le rideau qui continue à déblatérer tout seul. Parfois, on a la chance de vivre ça en solitaire. Juste le bruit du jet d'eau et c'est tout. En sortant, tout propre de lavage expéditif j'ai eu à peine le temps d'enfiler un boxer propre. Là, le silence pénétrant m'a automatiquement déclenché une alarme silencieuse dans le cerveau.

Rustine était introuvable. Dans ces moments-là, tu réfléchis pas. Tu cours. J'ai donc couru, en slip, comme un dératé. Je me suis dit qu'avec ma veine, en prime, elle n'aurait pas souvenir des limites de périmètre. Me défonçant les pieds, le cœur à deux pulsations seconde de l'infarctus, j'ai mis un bon quart d'heure avant de la retrouver. Heureusement pour moi, Rustine n'a que trois endroits préférés autour de la maison. Elle était là, dans sa jolie robe rouge cerise, un grand bouquet sauvage collé contre sa poitrine, souriant naïvement à un gendarme à l'air particulièrement impatient. Il pensait très clairement que c'était un sketch et qu'on cherchait à l'embrouiller. Moi, j'avais l'adrénaline qui me tapait aux tempes. J'ai posé mon fusible. J'ai pété une durite. J'ai vociféré ma trouille. Lui, il m'a collé une prune. J'ai réussi à ne pas lui coller une mandale. Nous sommes rentrés, main dans la main, ma fugueuse et moi. Elle, rayonnante dans sa jolie robe et moi, en slip, le visage assorti à sa tenue, les pieds en sang.

Je vais faire une contestation pour l'amende. Faut juste espérer que la personne qui va recevoir mon courrier ne me prendra pas pour un gros mytho.

Lundi 13 avril 2020

Je m'y attendais, vous savez. Vous aussi, sûrement. On repart pour un tour. Enfermé.e.s jusqu'au 11 mai. Oui. Je fais dans l'écriture inclusive maintenant. Encore un truc que le confinement m'aura permis de tester. J'ai arrêté de bosser depuis une semaine. J'avais des congés à solder. J'ai pas droit à des vacances cependant. Toujours sur le pont avec Rustine. C'est un job à temps plein. Je pourrais peut-être me reconvertir en maton après la crise sanitaire. Ça me changera de pigiste. Ce boulot, je l'ai toujours fait avec passion, malgré la précarité de la profession. J'adorais partir à l'aventure, avant. Avant l'A.V.C. Rustine était alors éduc en crèche. Elle aussi, elle adorait son métier. Notre vie était soyeuse. On ne voulait pas se marier. On s'aimait beaucoup trop pour ça. Par contre, on parlait d'avoir un mini nous. Comme mes reportages à l'étranger, ce bambin imaginaire était désormais classé dans un carton, au grenier.

Tout à l'heure, Éléonore et Rustine faisaient leur séance d'orthophonie, en visio. Je me trouvais non loin, tâchant de boucler mon article sur l'explosion des violences faites aux femmes pendant ce confinement. Le sujet me passionne, faut dire. Je suis le genre de mec qui s'est levé pour applaudir Adèle Haenel lorsqu'elle s'est cassée des César. Face à mon téléviseur, j'exultais d'une fierté sans borne. Comme l'a dit Despentes, j'étais en plein female gaze pour la jeune fille en feu. Pris par la rédaction de ma pige, j'écoutais distraitement la conversation de Rustine et son orthophoniste lorsque j'ai été très ému d'entendre ma petite nana raconter, avec enthousiasme, mon ingénieuse technique du post-it. Elle lui a raconté que j'avais mis des petits morceaux de papier partout pour dire « Ici se cache ton chocolat préféré » « Tu préfères les tomates sans la pulpe » « Je t'aime jusqu'à la lune aller/retour en passant par Jupiter » « Je m'appelle Léopold ».

Depuis l'A.V.C, je remarque chez Rustine de grands moments de tristesse ? comme si tout cela lui pesait encore bien davantage qu'à moi. Parfois je m'imagine qu'elle zappe tellement vite qu'au final ce handicap mémoriel est plus lourd de conséquences pour moi que pour elle. Puis, je la retrouve prostrée sur le canapé, jouant avec les boucles de ses cheveux, l'air absent. Elle pleure, en silence. De l'écouter, si joyeuse et volubile, je me suis ouvertement traité de grand couillon. Bien évidemment, c'est épuisant ce que je vis au quotidien. Le rôle d'accompagnant, de soignant est souvent ingrat et moralement déprimant. Cependant, lorsque je regarde cette femme découvrir mes messages d'amour et les porter à sa bouche, pour les embrasser, je retombe instantanément dingue de son sourire.

Elle m'épuise mais qu'est-ce que je serais malheureux sans elle.

Samedi 16 mai 2020

Plus d'un mois que je n'avais pas épanché mes pensées nocturnes, ici. Le temps est passé à triple vitesse, finalement. Ce foutu confinement m'aura obligé à réfléchir à certaines priorités. J'ai également, grâce à lui, découvert l'immense affection que me porte, Sandra, ma belle amie. Connaissant mon casse-tête concernant les courses, elle s'est spontanément proposée pour récupérer mes drives, tous les quinze jours. Chanceux que je suis. Parce-que soyons honnêtes, durant le confinement, il n'a pas été tous les jours facile d'être comme un parent solo face aux règles de sortie érigées par le gouvernement. Là encore, certains ont ramassé niveau critiques parentales. On a beaucoup parlé de solidarité mais honnêtement, dans ces temps incertains, on a trouvé du lourd niveau connerie humaine.

J'aurais aussi appris que le plus sûr moyen de ne pas perdre Rustine de vue, c'était de partager mon espace de travail avec elle. Je lui ai aménagé un coin atelier. Elle bricole un tas de créations colorées et farfelues. Nous avons également pris l'habitude de nous doucher ensemble. Ainsi plus de course en slip, dans le quartier. Pour le moment l'orthophonie continue en visio. J'ai essayé d'expliquer cette histoire de masque pour faire les courses à Rustine mais elle dit que ça me donne un air débile avec ma grande barbe touffue.

Thérésa, son auxiliaire de vie, est revenue hier. J'ai eu une demi-journée de libre. Et devinez quoi ? Je me suis royalement fait ch***, comme un rat mort.

Ah ces mecs. Jamais contents !

Betty Seiller

La liberté est de l'autre côté

Aujourd'hui, 16 mars 2020, le Président de la République vient de déclarer la guerre au coronavirus. Les frontières sont fermées et les gens confinés chez eux ne pourront désormais sortir qu'une heure maximum par jour au moyen d'une attestation précisant un motif impérieux.

Cinq jours auparavant, les écoles, collèges, lycées et universités de France ont pour la première fois été fermés.

Le premier sentiment qui anima Romane fut un sentiment de joie. Elle percevait tout cela comme un avant-goût de vacances. Elle n'avait alors entrevu que des avantages. N'allant plus au lycée, elle pourrait se lever plus tard le matin et elle n'aurait plus besoin de rester assise des heures à écouter une leçon qui l'ennuyait dans une salle grise. Pourtant très vite, elle ressentit ce confinement comme une prison. Elle étouffait. Cette liberté qu'elle chérissait s'était évanouie. Ses peurs, les privations prirent le pas sur les plaisirs qu'elle avait au début espérés. Elle ne pouvait plus voir ses amis, ses cousins. Ses passions étaient devenues impossibles.

Les parcs et lieux de promenade ne sont plus accessibles au public, plus de goûter sur l'herbe le week-end. Toutes les compétitions sportives sont annulées, terminés les samedis matin à jouer au basket. Les magasins non essentiels sont fermés, plus de shopping entre copines les mercredis après-midi. Les concerts, festivals, discothèques, cinémas, théâtres et divertissements sont annulés, plus de moyen de s'évader. Sa mère l'avait souvent incitée à sortir pendant l'heure autorisée pour aller faire une course ou marcher autour du quartier. Elle l'avait fait deux fois. La première fois, elle avait fait un petit tour, sans dépasser le kilomètre autorisé. Elle avait alors été confrontée pour la première fois de sa vie à la vision des gens masqués. Elle s'était alors imaginée dans un film de science-fiction, tant cette situation lui paraissait incroyable et inimaginable quelques jours encore auparavant. On avait commencé à évoquer ce fameux virus à la fin de mois de décembre en Chine. Mais la Chine, c'est tellement loin de la France. On se dit que cela n'arrivera jamais chez nous. Elle n'avait rien vu venir. Tout lui était apparu de manière brutale. Elle constata ce jour-là, lors de cette courte promenade, à quel point le monde avait changé et combien tout ce qu'elle avait jadis considéré comme normal devenait à présent exceptionnel ou interdit. Prendre l'air était exceptionnel et chronométré. Voir ses amis était interdit. Faire du sport dehors était exceptionnel. Aller voir son amie Manon à vélo à trois kilomètres de chez elle et la prendre dans ses bras était interdit. Elle n'avait plus le droit de sortir sans remplir une attestation, plus le droit de se rendre chez son coiffeur ou dans des boutiques non essentielles. Toute sa vie banale et normale s'était évanouie. La seconde fois qu'elle sortit, c'était pour aller faire quelques courses pour sa mère au supermarché. Elle constata alors encore de nombreux changements. Elle eut une boule à l'estomac en voyant au sol des lignes à l'intérieur des magasins pour distancer les gens, elle eut peur en croisant un monsieur coiffé d'une visière pour protéger son visage d'un éventuel microbe, elle fut triste de constater que cette caissière habituellement si souriante n'avait à présent plus que ses yeux de visible comme unique source d'expression. Après cette dernière sortie, elle ne voulut plus quitter l'appartement, comme pour marquer son refus d'appartenir à ce nouveau monde.

Tôt ou tard chacun comprend que les grands comme les petits rêves sont importants. Ils permettent à tout humain de se projeter dans un avenir plus beau, qu'ils feront ensuite tout pour atteindre. Et aujourd'hui Romane vit disparaître un à un chacun de ses rêves. Avec une brutalité extrême, elle eut l'impression que sa personnalité s'effaçait et que son avenir s'assombrissait. Qu'était devenue la jeune fille souriante, sociale, sportive ? Ce virus du Covid 19 lui avait pris tout ce à quoi elle tenait. Comme les personnes âgées, seul son passé lui paraissait à présent heureux. Elle était nostalgique de ces moments d'adolescente dont elle était privée, de ces rires avec ses amis qui avaient à présent disparu, du regard de Morgan dont elle convoitait le cœur. Comment tomber amoureuse d'un homme masqué ? À présent la joie et l'amour l'avaient quitté. La vie de famille, elle la voyait à présent comme une oppression, son appartement, dans lequel elle aimait revenir après ses cours au lycée était devenu une prison. Même sa chambre devenait trop étroite, exiguë et étouffante. Les photos de jadis collées au mur et représentant des moments de bonheur ne faisaient que lui rappeler avec violence ce qu'elle avait perdu. Les cours se faisaient à distance. Elle entendait plusieurs fois par semaine la voix de ses professeurs, comme dans un rêve... d'ailleurs, elle n'était même plus certaine de se souvenir de leur nom. Elle parlait de temps en temps en visio avec des camarades, mais ce n'était pas pareil que de les voir ou de les toucher. Ce virus semblait se moquer de cette jeune génération tellement avide de mondes virtuels. Vous préférez vivre à travers un écran ? Votre vœu vient de se réaliser !

Certains de ses amis lui disaient bien vivre ce confinement. Ils semblaient heureux en famille et fourmillaient de nouvelles activités, jouissaient de ce temps offert. Cela n'était-il pas merveilleux d'avoir toutes ces heures devant soi ? Cela n'était-il pas incroyable de pouvoir passer tous ces jours près de ses proches ? Était-elle la seule à percevoir ces changements, ce nouveau monde qui se dessinait lentement et qu'elle repoussait loin d'elle tant bien que mal... Les chercheurs finiront par trouver un vaccin ou un traitement efficace, répétait sa mère, tu dois être patiente. Mais tandis que son regard se perdait vers l'infini du ciel, à travers la fenêtre ouverte de sa chambre, elle ne put s'empêcher de sourire en pensant que si le monde était à présent silencieux, figé, endormi comme dans un conte, elle, était bien vivante et remplie, malgré tout, des espoirs propres à la jeunesse.

Monsieur et Madame Debley, du haut de leurs quatre-vingt-sept ans avaient connu la guerre et ses privations. Mais, quand ils écoutèrent le discours du Président ce soir-là, leur cœur se serra. Ils comprirent immédiatement que cette lutte allait être différente, car si la France était une nouvelle fois officiellement en guerre, ce n'était pas contre une autre nation, non, cette fois-ci, elle entrait en guerre contre un microbe. Ils n'avaient pas eu d'enfant. Aussi quand la petite Sidonie, leur voisine de palier était entrée dans leur vie, ils l'avaient accueillie comme leur petite fille. Lorsque Sidonie était chez monsieur et Madame Debley, elle avait ses habitudes. Dès qu'elle passait la porte en rentrant de l'école, elle posait son cartable à l'entrée et se précipitait dans la salle à manger pour retrouver Monsieur Debley. Le vieux monsieur l'accueillait toujours avec un petit sourire plein de tendresse en la voyant. Il lisait son journal assis dans sa chaise roulante, une couverture posée délicatement sur ses genoux fatigués par l'âge. Monsieur Debley ne parlait pas beaucoup, mais il était là. Il était pour la petite fille un roc stable et solide vers qui se réfugier les jours de peine et de tristesse, mais aussi les jours heureux. Madame Debley apportait alors sur un plateau un copieux goûter et trois bols de chocolat chaud. Son papa n'arrivait que plus tard dans la soirée, mais cela ne dérangeait pas la petite fille qui savait alors qu'elle aurait plus de temps à passer avec son « papy et sa mamy bleus ».Chez madame Debley, tout était toujours bleu, de son chapeau, à ses chaussures, jusqu'à son vernis à ongles. Elle nageait dans le bleu, dans un paradis bleu qui n'appartenait qu'à elle. La vieille dame était trop différente du monde rangé de ses voisins pour s'y faire des amis et trop extravagante pour y trouver sa place. Tout lui avait toujours semblé gris à l'extérieur, comme à l'intérieur de son cœur. Partout où elle avait posé ses yeux dans le monde, de petite fille dans le bureau gris du proviseur, au bureau gris de son lieu de travail, tout n'avait été que de couleur gris. Au cours de sa vie, partout où elle avait toujours voulu poser un regard neuf, un voile gris s'était mis comme un rideau devant ses yeux faisant disparaître les couleurs pour ne plus laisser qu'un nuancé de gris. Aujourd'hui très âgée, elle avait décidé de se créer enfin un univers un peu plus gai, un peu plus bleu. Elle avait alors revendu ses vieux meubles encrassés de mauvais souvenirs, son papier à lettres, ses vêtements, ses bijoux pour ne racheter que des objets de couleur bleue. Il lui semblait alors que sa vie deviendrait un peu moins morne et grise et qu'au lieu de grands rêves non accomplis tachetés de gris, elle en ferait de plus petits, mais emprunts d'un joli bleu. Mais ce noble souhait qu'elle avait murmuré tout doucement un soir, alors que son mari revenait de l'hôpital, ne plaisait pas à tout le monde. Toutefois, Madame Debley préférait ignorer les regards gris des voisins qui la dévisageaient à son passage, les petits rires et chuchotements qu'elle provoquait dans la rue. C'est ainsi que lorsque Cyril, après le décès brusque de sa femme, avait cherché quelqu'un pour s'occuper de sa fille en fin d'après-midi jusqu'à son retour, elle s'était tout de suite portée volontaire. Elle et son mari aimaient les enfants. Quand Sidonie lui avait demandé pourquoi tout était bleu chez eux, elle lui avait expliqué que le bleu lui rendait la vie plus douce et la petite fille lui avait souri tendrement. Mais depuis que cette terrible pandémie avait frappé le monde entier, les autres, auparavant sources de réconfort étaient devenus des menaces, des dangers. Les Debley ne pouvaient plus voir Sidonie, qui vivait pourtant la porte en face de chez eux. Les gens s'évitaient, se craignaient. Tout geste d'affection ou de cordialité était dorénavant proscrit sous peine de propagation du Covid 19. À présent, nous devons nous éloigner les uns des autres à plus d'un mètre. Les gens ont peur de leurs voisins, de leurs amis. Les masques portés sur les visages mangent les sourires, dévorent l'humanité. Parfois, la petite fille entrouvrait la porte pour apercevoir les Debley un court instant, en veillant à rester à distance et tous trois étaient munis d'un masque. Madame Debley connaissait bien Sidonie et elle arrivait en observant son regard pétillant et légèrement plissé à savoir qu'elle souriait derrière ce grand morceau de tissu blanc qui emprisonnait ses lèvres d'enfant.

Les entreprises sont fermées et dorénavant, le télétravail est privilégié. Le gouvernement a fermé les frontières et tous les voyages sont interdits.

Lorsqu'ils ont appris cela, elle et son mari furent soulagés. Ils pourraient rester en famille et s'occuper de leurs enfants. Ils ne craindraient pas ce virus en allant travailler. Pilote et hôtesse de l'air, ils se voyaient peu et avaient l'habitude de se croiser entre deux avions. Quand l'un gardait les enfants, l'autre travaillait. Pour la première fois de son histoire, l'aéroport d'Orly est fermé, les routes sont désertes comme dans un film apocalyptique. Le silence a remplacé le bruit des avions, les chants des oiseaux ont pris la place du moteur des voitures, comme si la nature reprenait pas à pas ses droits, donnant une leçon à l'homme du XXIe siècle qui se pensait si puissant. Un microbe a anéanti la société et l'humanité. Tous les pays du monde sont peu à peu touchés. Rien ne peut arrêter sa terrible course. Les grandes capitales du monde sont désertes, villes fantômes où l'humain a disparu. Camouflé derrière des masques, confiné dans d'étroits appartements, l'homme a perdu de sa grandeur. Tous les hommes, riches et pauvres sont réduits aux mêmes contraintes. L'argent, l'image ne règnent plus. Les masques cachent le maquillage, les gants, les bijoux et le vernis. La survie a remplacé la futilité. Sarah était une femme toujours arrangée et coquette. Elle avait rencontré son mari Philippe lors d'un vol Paris-New York, il y avait maintenant un peu plus de dix ans et le jeune homme avait tout de suite remarqué son côté sophistiqué. On dit qu'un homme regarde en premier chez une femme ses yeux et son sourire et Philippe n'avait pas dérogé à ce constat. Ses yeux bleus et son sourire lui avaient immédiatement plu. Comme sa femme, cette période fut pour lui un soulagement et une occasion pour passer du bon temps en famille. Mais très vite, les liens déjà fragiles et effilochés au fil du temps dans le couple furent près de se briser. Tout ce temps qui leur était donné n'allait-il pas les étouffer ? Ce huisclos pour deux personnes sans cesse en mouvement ne serait-il pas forcément fatal ? Ils étaient, pour la première fois de leur vie, transportés, comme dans une pièce de théâtre sans spectateur, dans une vie inédite presque expérimentale, mettant à l'épreuve leurs personnalités, leurs forces, mais aussi leurs faiblesses. Ils se rendirent compte à ce moment-là qu'ils n'avaient vraiment jamais vécu ensemble. Les gestes intimes se raréfiaient à mesure que passaient les semaines, tandis que la distance, le silence et bientôt les éclats de voix s'intensifiaient. Sartre avait bien dit : « L'enfer c'est les autres ». Dans ce huisclos du confinement conjugal, l'autre devenait l'image de l'enfermement, de l'étouffement. Les défauts ressortaient à mesure que les qualités s'effaçaient. Les regards d'irritation, d'agacement remplaçaient les regards amoureux. Les souvenirs, ces pensées insaisissables qui vous assaillent sans qu'on s'y attende, beaux, nostalgiques, passionnés, malheureux, peuvent vous relever ou vous achever. Chaque soir, toute la famille sortait sur son balcon à vingt heures afin d'applaudir les soignants et de leur montrer leur reconnaissance pour leur dévouement auprès des malades. Ce temps était aussi pour eux comme une courte libération et une preuve qu'ils appartenaient encore à ce monde. Ils apercevaient les voisins à leur balcon. Les applaudissements, les cris, et le bruit des casseroles frappées l'une contre l'autre remplaçaient pour quelques minutes le silence inquiétant et pesant, comme si l'humanité semblait dire qu'elle était là, vivante, pas loin, juste cachée dans un appartement. Un de ces soirs après que tous les bruits eurent cessé, une de ces nuits où le sommeil semble vous avoir quitté, les souvenirs surgissent sans crier gare et ils vous emportent. À quelques appartements de distance, séparés par une porte, un couloir, un étage, il y avait ce soir-là des centaines de souvenirs, des pensées vagabondes qui envahissaient les lieux et les esprits. Sarah, seule sur son balcon, les yeux dans le vide, venait de se faire happer par un souvenir. Elle aurait été incapable de dire ce qu'elle ressentait à ce moment-là, à cette seconde précise. Le bonheur est si proche du malheur au fond. Elle se revoyait dans cet avion des années en arrière qui lui semblaient pourtant si proches. Elle lui avait parlé avec tant de naturel, de passion, que sous les yeux admiratifs de ses collègues, c'était son regard à lui qui avait le plus brillé. Les sourires échangés ce jour-là n'avaient alors jamais cessé. Qu'est-ce qui avait provoqué l'amour à cette minute, un amour si fort... Un regard, un sourire, cette fossette au creux de sa joue droite ? Il ne saurait y répondre. Tombe-t-on amoureux d'un défaut ou d'une qualité ? Ce miracle qu'est l'amour lui était tombé dessus, l'avait envahi. Sa présence lui manquait tant alors qu'il était pourtant juste à côté. Tout son être avec disparu. Quel sentiment étrange... Prendre quelqu'un dans ses bras... Ce mouvement... Cette impulsion... Ce geste si commun peut à la fois manifester de la tendresse, de l'amour, de la passion, et même de la haine. La vie est une série sans fin de répétitions. Ce soir-là, sur son balcon, seule et perdue, Sarah se demanda combien de fois son mari, l'homme qu'elle aimait plus que tout l'avait prise dans ses bras ? Sûrement des milliers... Et pourtant la signification de ce geste avait changé... Peu à peu l'amour et la tendresse des premières années s'étaient délités. Son corps se faisait plus résistant et plus distant, ses bras plus durs. Ce huisclos forcé par ce coronavirus avait lentement contribué à conduire son couple vers le précipice de la solitude. Sans ce virus, leur vie agitée quotidienne les aurait maintenus unis. Ce confinement, cet enfermement, la routine, la présence étouffante et constante de l'autre les avait condamnés. L'être constamment sous les yeux avait disparu de leur cœur.

Seul. Rien que le mot fait mal aux oreilles quand il est prononcé et qu'il n'est pas souhaité. On peut être accompagné et seul. Mais on peut aussi se retrouver seul. Alexandre et Kathleen avaient vécu chacun une séparation aussi cruelle que définitive. Ils étaient chacun chez eux, dans leur lit, les yeux fixés sur un plafond blanc. Le sommeil les avait quittés presque en même temps et s'était échappé loin, très loin. Ils savaient plus que n'importe qui que la nuit est souvent sujet aux interrogations et aux peurs et que quand elle se déroule dans la solitude, celles-ci sont doublées. À quelques étages d'intervalle, ils étaient sans le savoir, tous les deux à leur manière, plongés dans une nuit de doutes et de peur bien plus grands qu'ils ne le croyaient. Mais tandis qu'Alexandre était allongé sur son lit, ou plutôt recroquevillé, Kathleen était seule dans un coin de sa chambre, penchée sur son téléphone, au milieu de messages ou plutôt de mots qui valsaient autour d'elle.

Ils ruminaient chacun à leur manière leur propre passé, leurs fautes et ils se sentaient toujours un peu plus seuls sur la terre, sans personne avec eux pour dissiper cette douleur qui grandissait toujours dans leur cœur quoi qu'ils fassent. Ils avaient changé, mûris trop vite, cachant leur sensibilité au reste du monde pour rester en vie. Ils dissimulaient sous un épais masque de froideur et d'insensibilité, leur vraie nature pour se protéger d'un monde qui leur avait montré avec trop de brutalité et de violence le vrai visage de la solitude et de la douleur.

Elle lui aurait pardonné pourtant, oui elle aurait pu continuer sa vie avec lui. Mais ce jour-là, elle avait vu un autre homme dans celui qu'elle aimait, un homme cruel et violent, un homme méchant. Il lui avait dit qu'il ne l'aimait plus, comme ça, entre la salle de bains et la chambre à coucher, les mains dans les poches et le regard vide. C'était comme si une masse incroyablement lourde était tombée sur son cœur. Elle ne comprenait pas ce qui était en train de se passer. Elle n'avait pas voulu voir les indices qu'il avait semés. Oui, c'est vrai qu'il était beaucoup plus distant ces derniers temps, plus absent. Il évitait tout contact physique avec elle comme si elle le dégoûtait soudain. Et pourtant, pourtant elle lui aurait pardonné cette infidélité, juste pour que tout redevienne comme avant entre eux, juste pour pouvoir un jour retrouver ce regard doux qu'il avait quand il la regardait jadis, ce regard amoureux. Il l'avait quitté la veille du confinement. Elle s'était réfugiée dans son deux-pièces sans balcon, la mort dans l'âme. Ce fut abrupt, violent, saisissant. Tout le monde ignorait leur rupture depuis maintenant deux semaines et les pensait confinés ensemble. Ce silence lui pesait. Elle ne pouvait pas sortir pour se changer les idées. Les restaurants, les bars, les discothèques sont fermés. Voir ses amis et sa famille est interdit. Le virus rôde partout, vicieux, il peut se cacher dans le corps de personnes asymptomatiques. La jeune fille éprouvée par la chaleur et la tristesse décida au bout de deux semaines de sortir s'aérer. Il fallait qu'elle fasse quelques courses... Elle en profiterait pour faire un détour... Pour passer devant chez lui. Les rues étaient désertes et comme plongées dans un silence mortuaire. Les boutiques fermées présentaient encore dans leur vitrine la collection d'hiver, comme si le temps s'était arrêté. Les quelques passants qu'elle croisait changeaient de trottoir afin d'éviter de la frôler. Elle était une menace, un danger potentiel, peut-être le visage angélique de ce virus sournois. Chaque jour, le nombre de morts était annoncé à une heure précise, comme un couperet qui déchire. En augmentation constante en France et dans le monde, les chiffres mortels ont remplacé les visages. Deux cent cinquante-trois morts un soir, trois cent quatre-vingt un autre. Les Maures ne doivent pas chômer aux Enfers. Arrivée en bas de son immeuble, elle vit de la lumière au salon, cette pièce qu'elle parvenait à visualiser tant elle la connaissait bien.

Elle l'imaginait cuisinant ou lisant sur ce canapé vert qu'il avait choisi un jour de soldes.

Ce même soir, quatre étages plus bas, dans l'appartement en dessous de celui de Kathleen, Alexandre pleurait. Son monde venait de s'écrouler. Il l'aurait soutenu pourtant, oui il l'aurait accompagné avec amour dans tous ses tourments si elle avait voulu lui laisser sa chance. Elle l'avait quitté pendant le confinement, par téléphone. Son absence avait effacé ses sentiments pour lui en même temps que sa présence. Elle avait préféré lui avouer cela par téléphone. C'était plus simple que d'attendre indéfiniment une sortie à cette crise. Il avait trouvé cela injuste, cruel. Il l'avait supplié, il lui avait fait du chantage, il avait crié, il s'était lamenté, mais rien n'y avait fait. Sans ce confinement, il était persuadé qu'elle ne l'aurait pas laissé. Il avait envie de crier sa détresse au monde, de hurler.

Cela fait deux mois maintenant que les Français sont confinés, privés de liberté, terrifiés par ce coronavirus invisible mais si effrayant pourtant.

Aujourd'hui était jour de deuil. Madame Debley avait fermé ses longs rideaux bleus et replié le fauteuil roulant de son mari dans un coin du salon. À partir d'aujourd'hui le soleil ne se lèverait plus dans sa chambre de la même manière, non, aujourd'hui elle avait perdu une moitié d'elle-même, le compagnon d'une vie, qui avait tout partagé depuis tellement d'années avec elle, le compagnon d'un long voyage au milieu de nombreux nuages gris qu'ils avaient traversés ensemble. Ce compagnon, son compagnon l'avait quitté. Lui, qui avait su les jours d'orage et de tonnerre sur leur petite vie insignifiante, lui offrir la plus belle preuve de courage et d'amour, sa présence malgré tout. Elle ouvrit son placard et y rangea une veste noire. Pour un jour, la dame en bleu se camouflait dans un grand drap de solitude et de tristesse, où seul le bleu de ses yeux venait encore rappeler aux autres humains qu'elle allait ressurgir des méandres de la vie. Elle aurait voulu pour son époux un enterrement entouré de tous ses proches, des gens qu'il aimait mais en ce temps du coronavirus le nombre de personnes est limité aux enterrements à dix personnes. Les célébrations et messes n'ont plus lieu par sécurité. Même la petite Sidonie et son papa n'ont pas pu venir. Cela rend la mort encore plus éprouvante, comme si elle avait gagné en privant l'homme de tout amour et derniers gestes de reconnaissance.

La fin du confinement a été annoncée par le Président de la République. Elle est programmée pour le 11 mai prochain.

Kathleen s'est relevée pendant cet enfermement forcé. Elle s'est mise au sport dans son minuscule appartement et au dessin. Elle a trouvé en elle des ressources qu'elle n'aurait jamais imaginées. Au fond, elle avait compris que son couple ne lui avait pas apporté tout le bonheur qu'elle pensait mériter. Elle se sentait à présent libre, plus libre dans ce minuscule appartement, rêvant à de futurs projets, que dehors. Sortir l'effrayait, revoir des gens l'effrayait, revenir à une vie normale l'effrayait. Finalement, elle n'était pas si mal dans son cocon, dans cette bulle qu'elle s'était faite et qui lui avait permis de revenir à l'essentiel...

Le monde est en ruines. La guerre n'est pas terminée. Les humains, tels des soldats reviennent doucement à la vie meurtris et portant dans leur âme des cicatrices, séquelles invisibles de ce combat. La ville aussi est marquée par les vestiges de cette guerre. Les hommes déambulent dans les rues, masquées comme des pantins craintifs les uns des autres. Les magasins rouvrent avec prudence, la vie reprend presque comme avant. La carte de la France est à présent à nouveau divisée en deux zones marquées par des couleurs. Ce n'est pas comme durant la seconde guerre mondiale, la zone occupée et la zone libre, mais la zone rouge, symbole que le virus, cet ennemi invisible et insidieux, circule encore activement et la zone verte, où il semble être moins présent. L'ennemi est toujours là sur le territoire, divisant le peuple français, l'effrayant, se déplaçant et touchant les hommes les plus faibles avec couardise. Tout est à reconstruire, les hommes doivent réapprendre à vivre différemment.

Romane a pu retourner au lycée, masquée. Quand elle est arrivée dans la cour ce jour-là, elle fut frappée par le silence. Certains chuchotaient, tous se dévisageaient en veillant à se tenir à bonne distance. L'autre était réellement une menace, comme si le Covid 19 avait transformé les humains en armes, responsables de leur propre destruction. Elle, qui avait tellement aspiré à cette liberté, l'avait-elle trouvée ou n'avait-elle finalement découvert qu'une nouvelle prison ?

Pour chacun, ce temps de confinement imposé par ce coronavirus aura permis de comprendre ce qu'est la liberté, ses propres et vrais besoins et ceux de l'humanité.

La liberté est de l'autre côté, mais lequel ?

Isabelle Archambaud

Phaedra

Aujourd'hui, 16 mars 2020, le président de la République vient de déclarer la guerre au coronavirus. Il a dit « guerre » et ça ne loupe pas, à peine la Marseillaise de fin de discours terminée voilà Monsieur, Madame et Mademoiselle Polémique en ordre de bataille ! Le présentateur nous les présente et nous donne rendez-vous après les réclames.
Je les regarde, oui j'aime bien celles qui montrent les bagnoles. Puis j'éteins la télé. Les commentateurs, ceux qui savent tout mieux que quiconque, me gavent. Surtout ceux qui se sont construit une apparence. Ceux-là, pardonnez-moi l'expression, ils me débectent. On dirait des cartes postales.

Je me marre. C'est vrai ! Je n'arrive pas, malgré cette épée de Damoclès que le Président vient de me mettre sur le crâne, à m'empêcher de me marrer. Les mots d'ordre rejoignent ceux d'un entraîneur de rugby. Guerre, combat, tranchée, première ligne etc. Mais notre petit Président n'a pas la gueule cassée et les oreilles en feuille de chou du rugbyman lambda. Gueule cassée, tiens ! La Grande Guerre, ses tranchées, ses morts, dix millions de morts, huit d'invalides... Puis la grippe espagnole juste après ! Peut-être cent millions de morts sur la planète. Comment ne pas penser à ces deux fléaux et comment ne pas les associer dans un seul mot « guerre ». Tu vas voir qu'on va dire que ce n'est pas une guerre, le corona. Et ben si ! Et le sida, un virus lui aussi : trente-cinq millions de morts depuis son apparition. Un mort toutes les trente secondes aujourd'hui. Toujours pas de traitement curatif. L'humanité est là aussi en guerre. C'est une métaphore mais qui est aussi valable que celle de comparer l'enveloppe du virus à une couronne. Moi j'y trouve plutôt la gueule d'un oursin.

Les virus, des criminels à qui on aimerait bien couper la tête ! Tiens, comme celle d'un roi couronné, notre pauvre Louis XVI qui n'avait comme seul crime celui d'être mal né. Comme moi d'ailleurs, mais pas dans la même saumure... Rapport aux oursins... Oui, ne cherchez pas, j'ai un sens de l'humour très personnel. Égoïste. J'aime quand mes calembours ne font rire que moi. Je tiens ça de mon grand-père qui savourait les blagues à tiroirs. Un art, la blague à tiroir !

Aujourd'hui, je devais faire des repérages... Mais ce n'est pas prévu dans la feuille de déplacement dérogatoire. J'ai bien regardé, même si on peut imaginer que mon activité peut être considérée comme une tâche rémunérée, ce n'est absolument pas un travail ! Pas de salaires, ni d'appointements, non. Des contreparties, voilà, ou des primes. Mon activité est en rapport avec la mortalité de la nation, mais un apport qui n'a rien à voir à des conditions létales normales ou accidentelles. Non ! Et quand je n'agis pas, je ne suis pas au chômage technique. Non plus ! Je suis un indépendant. Je prospecte, j'attends les coups de fil de proposition. Voilà ce que je fais.

Si je ne peux pas faire mes repérages, je serai bien obligé d'improviser et ça, ça ne me plaît pas du tout. J'ai quelquefois dû faire vite, très vite même, mais jamais sans être préparé un minimum. Je ne suis pas maladroit mais j'ai besoin d'avoir le contrôle par une préparation minutieuse.

Du coup, je me marre moins. Je n'avais pas réfléchi aux conséquences directes de ce confinement. Mon prochain contrat est pour huit jours. C'est le genre de contrat qu'on ne peut pas faire en télétravail. À moins d'être très doué, très très doué, un génie. Pas mon cas. Moi, je suis un gagne-petit, un besogneux, un débrouillard, pas plus. Je bricole. Je manque de créativité, je le sais. Pas doué pour l'improvisation. Si on me le demandait, je me situerais dans la tranche moyenne de ma « profession ». Mais c'est un atout en même temps. Le gris vaut mieux que le noir et le blanc, bien mieux que les couleurs. Et puis, c'est dans cette tranche-là qu'il y a le plus d'activité. Les gros coups sont bien plus rares.

J'ai une excellente condition physique car je m'entraîne tous les jours. Dix kilomètres le long du canal, cinq à l'aller, je traverse à l'écluse et cinq au retour. C'est un peu monotone mais ça me convient. Je n'aime pas les surprises. Cinq cents platanes à croiser sur le trajet aval.

Une sorte de méditation, une plongée hypnotique. Comme les bandes blanches en pointillé au milieu de la route, la nuit. Le vide total. Mon esprit est constamment vide ; blagueriez-vous si vous me connaissiez. Mais cette chevauchée confine au vertige. Le Big-Crunch ! Ce terme désigne, pour ceux qui ne connaissent pas la cosmogonie, le contraire du Big-Bang. L'effondrement, le repli de l'espace sidéral de l'Univers jusqu'à sa disparition complète. C'est rigolo, ça sonne comme une gourmandise. Il n'y a qu'un seul platane qui me fait tourner la tête. Toujours le même. Je n'ai jamais compris pourquoi c'est celui-là et pas un autre. J'ai beau essayer de comprendre je ne vois pas. Je me suis même arrêté une fois pour l'observer. Rien, décidément rien ne le distingue des quatre cent quatre-vingt-dix-neuf autres. J'ai essayé de l'embrasser pour qu'il me parle comme je l'avais vu faire dans un documentaire par un homme qui avait l'air sain d'esprit. Rien ! Pourtant, je vous jure ce type était sincère. Il parlait aux arbres et ceux-ci lui répondaient...

Une pause étirement sur la traversée du canal. Tout en assouplissant mes muscles, j'observe les fuites entre les portes de l'écluse. Je détaille chacune d'entre elles. Ce sont ces larmes noirâtres sur la surface de métal des portes que j'aime bien. C'est du sang qui coule sur la rouille. Et ensuite au retour, la plaine. Il n'y a pas de platane sur la berge en amont.

Une bonne douche à la maison.

Ensuite dans ma routine quotidienne, entraînement. Perfectionnement des techniques, amélioration des performances, optimisation d'icelles (j'adore ce mot), et pour terminer sauvegarde des acquis.

Mais d'abord, où courir aujourd'hui et les jours qui viennent ? Me voilà donc à improviser ! Je n'aime pas ça du tout. Je mesure mon balcon. Il court sur neuf mètres le long de mon appartement. Trois devant la cuisine et six devant ma salle à manger. Mille cent onze allers-retours à faire sur le béton pour garder la forme... Et là aucun platane. Je ne me marre plus du tout, mais alors plus du tout du tout ! La calculette prend la direction du mur et rebondit intacte. Je m'escrime à l'écraser avec mon talon. Je n'avais pas pensé que j'étais en charentaises. C'est mon problème, je vous l'ai dit plus haut. Je bricole. C'est mon talon qui explose.

Et là, je me marre. Je n'ai rien dans la caboche, mais je le sais. Et puis je fonctionne beaucoup par autodérision. Ce mécanisme m'est très utile. C'est de l'autodéfense. C'est mon antivirus, mes interférons. Les choses apparaissent alors avec de bien meilleures perspectives.

Bon, la question de ma condition physique est réglée : le balcon. J'habite au vingtième étage et je n'ai pas de vis-à-vis. Donc je ne crains pas le ridicule. Maintenant une phase un peu plus délicate. Pas question de sortir un de mes étuis pour les séances d'entraînement dans les collines. J'en ai trois, un de violon, un de violoncelle et pour les opérations considérables un de contrebasse. Ceci dit, c'est dommage, du fait de cet état de guerre... Ils conviendraient tout à fait. Je ris de cette réflexion. Je glousse. J'ai même les larmes qui me viennent aux yeux. Je me reprends. Il va me falloir me résoudre à utiliser des instruments plus discrets. Lequel... Cette réflexion me plonge dans un abîme... J'ai la tête qui se vide... Plus que quelques remous qui se répandent en cercle concentrique... L'un d'eux atteint enfin la rive...

Peut-être par les égouts ?

Pardonnez-moi, je saute du coq à l'âne. Un défaut. La solitude balaie toute rationalité dans mes comportements du quotidien. Je me gendarme beaucoup pour conserver un minimum de rituels. Mais voyez-vous, comme en ce moment même, je dérape quelquefois. On n'est pas toujours maître de ses sentiments, ou plutôt de nos états d'âme. Oui, c'est plus précis : « mes états d'âme ».

Ne mets pas la charrue avant les bœufs. Tu y reviendras plus tard, aux égouts.

Rester concentré : les instruments. Je reviens sur le balcon pour réfléchir. Je m'y accoude, en roitelet citadin. Sans couronne ! Marrant non ? Vingt étages vous posent un homme ! Les grandes barres des immeubles partent en étoiles et surplombent les rues, parkings et espaces verts qui rampent. Depuis cette annonce brutale, je vois que les habitants du quartier se sont rués dehors pressentant ce qui les attend dans les jours à venir. Les trottoirs sont noirs de monde et un brouhaha intense envahi l'air pollué de la ville. Je n'avais pas entendu cette rumeur depuis bien longtemps. Depuis l'élection de Mitterrand en fait. Les gens étaient allés sur leurs balcons écouter les rumeurs de la ville et beaucoup criaient leurs joies. Pour les coupes du monde il paraît que c'était le cas aussi, mais j'étais... Comment dire... Occupé ailleurs !

J'ai sommeil. D'ordinaire je suis au lit à vingt et une heure. Je mets chaque soir un vieux disque des Tangerine Dream. Phaedra : c'est le nom de l'album. C'est une plongée dans mon adolescence. C'est une méditation. Une prière si vous préférez. J'avais découvert cette musique lors d'un concert à la Cathédrale Notre Dame de Reims. Le diable avait envahi ce soir-là le chœur... et mon cœur... Les autorités ecclésiastiques avaient été obligées de purifier et resanctifier le lieu outragé avant de réaccueillir les fidèles ! C'est depuis ces temps-là que je me marre ! Mais ce soir avec ce contretemps qui va bousculer mes habitudes je gamberge. Et voilà que je laisse passer mon heure. Va falloir que je me fasse une tisane. De l'aubépine, c'est ce qui me fait le plus d'effets. Avant je prenais de la camomille, mais c'était moins efficace. Bien pour le dentiste, mais pas pour le dodo. Le pharmacien m'a conseillé l'aubépine. Il a eu raison. Un bon le pharmacien, un pro. Vous vous demandez pourquoi pas du Tranxène. Eh bien sachez-le le clorazépate dipotassique a un effet inverse chez moi. Ça vous épate ? Il me rend furieux, « furious », comme disait mon pote au service militaire. Il paraît qu'en cas d'erreur de dosage il a le même effet sur les félins. À ma manière je suis un gros chat. Il faut absolument organiser ma journée de demain sinon je ne dormirai pas et Dieu seul sait ce qui me passe dans la tête quand je ne dors pas ! Un trop-plein. Et alors, c'est une inondation, un tsunami, l'enfer ! Quand je suis dans cet état-là, un conseil, ne me toisez pas !

Les instruments. J'ai carrément l'esprit ailleurs. Pas moyen de rester concentré. Je vais à l'armoire. Elle occupe le centre de mon séjour. En réalité il n'y a qu'elle dans la pièce, l'armoire à instruments. C'est une armoire buffet quatre portes Louis XIII. Je l'ai posée sur roulettes. À cause de la lumière du jour. Le soleil ne doit pas l'atteindre. L'armoire est du domaine de la nuit, du noir. Je dois donc la déplacer selon les heures de la journée, surtout en hiver. L'été c'est moins gênant. Le soleil plus haut ne rentre plus dans l'appartement. L'été Je n'ai que quelques petits déplacements à lui imposer. Je vais chercher le tabouret et je m'assieds devant elle. Je n'ai pas besoin de l'ouvrir. Je répertorie tout ce qu'elle contient de tête. J'envisage, pour chaque outil qu'elle contient, les avantages et les inconvénients pour la journée de demain. Je choisis. Une douce torpeur me gagne. Je me couche croyant avoir tout envisagé. Mais bien entendu les questions, d'autres questions m'assaillent.

Voilà, tu n'as pas pris ta tisane et tu n'as pas pensé à tout. C'est toujours pareil, je vous l'ai déjà dit, un gagne-petit, je suis.

Sous quel prétexte sortirai-je ?

Et soudain une question me foudroie : « A qui parles-tu depuis deux heures ? »

Oui, que m'arrive-t-il ? En fait, je n'en ai rien à foutre moi, d'un virus. Bien entendu je préférerais être vaincu par un adversaire de chair et d'os. Un ennemi de l'intérieur, c'est toujours vexant. C'est la preuve d'une incompétence crasse. Je suis un gagne-petit, certes, mais je ne suis pas un incapable ! Alors comment cela se fait-il que je m'adresse à quelqu'un, moi qui suis un misanthrope sauvage. Un confiné perpétuel finalement ! Mon seul prochain est mon voisin du dessous qui m'emm... Avec ses sardinades infectes aux beaux jours. Quel état curieux ! Cela ne m'était jamais arrivé. Me voilà en train de parler tout seul et, bien pire, me voilà à m'observer vivre. Je suis tapi en haut de l'armoire et j'observe ce petit homme rondouillard qui s'agite perturbé par une annonce faite à la télévision deux heures auparavant par un blanc-bec en col blanc. Je suis dans cet état que j'ai très brièvement connu quand j'étais collégien et que je faisais du théâtre. Je jouais le maître de danse dans une pièce d'un type qui s'appelait Musset. J'étais amoureux, non pas de ma partenaire de jeu, non, amoureux de ma professeur de français. Bref, je me souviens d'être dans cet état sur scène, de me dédoubler. Le comédien regardait le personnage évoluer, maladroitement, j'en conviens. D'autant que j'étais piètre danseur de menuet. Pourtant on dit bien que les petits gros sont d'excellents danseurs. Eh bien non, croyez-moi. Pas tous ! La preuve ! Je n'ai pas persévéré dans cet art : le théâtre. Je vous l'ai déjà dit je ne suis pas doué pour l'improvisation et je n'aime pas les situations factices, artificielles. J'aime le concret, le vivant. Le vivant, façon de parler, bien sûr.

Je me marre moins.

La baie plonge sur les lumières de la ville J'y regarde mon reflet dans la vitre. C'est mon seul miroir, les vitres la nuit.

À qui parles-tu, bordel ? Et quand je jure ainsi vous pouvez vous dire que je ne vais pas bien du tout. Ne me toisez pas ?

Bon, vous voyez, je ne suis pas un mauvais bougre.

Et puis il me faudra trouver des masques !

J'ai bien un masque à gaz dans l'armoire pour les déplacements dans les égouts. Je vous avais dit que j'y reviendrai. Il est de circonstance. Efficace, vous pouvez en être sûr ! Mais bien trop voyant...

On sonne à la porte. J'ouvre. Ce sont les infirmiers qui sont sur le palier. Les deux costauds. Ils sont déguisés en gendarmes. Mais je les reconnais bien. C'est bien eux. Sympas !
— Monsieur Léon, il faut nous suivre. On ne peut pas vous laisser seul en ce moment. Vous reviendrez chez vous quand tout ira bien.
Je me marre.

Patrick Chéreau

Éditeur :

Books on Demand GmbH,
12/14 rond-point des Champs Élysées,
75008 Paris, France

Impression :
Books on Demand GmbH, Norderstedt, Allemagne

Corrections et mise en page :
Pierre Léoutre

ISBN : 9782322259762

Dépôt légal : novembre 2020

www.bod.fr